AREZU WEITHOLZ

Beinahe Alaska

GOLDMANN
Lesen erleben

Buch

Eine Fotografin, 45, kein Partner, keine Kinder, keine Eltern mehr, geht auf eine Kreuzfahrt von Grönland nach Alaska. Sie ist froh, dass ihr Beruf es ihr erlaubt, immer nach vorn zu sehen. Sie weiß, in der Leere der Arktis kann alles entstehen – und nichts. Natürlich melden sich unterwegs die nicht zu Ende gedachten Gedanken und offenen Fragen. Und es gibt an Bord kein Entkommen vor den schrägen und nicht immer angenehmen Mitreisenden. Als das Schiff vor der vereisten Bellotstraße kehrtmachen muss, mit neuem Kurs auf Neufundland, begreift sie nach und nach, dass der Trick manchmal gerade im Beinahe-Ankommen besteht, auf Reisen wie im Leben.

Autorin

Arezu Weitholz, 1968 bei Hannover geboren, ist Autorin, Illustratorin, Journalistin und Songtexterin, u.a. für Herbert Grönemeyer, Die Toten Hosen, Udo Lindenberg und 2raumwohnung. Sie schreibt Romane und Fischgedichte und lebt in Berlin. Für »Beinahe Alaska« wurde sie mit dem Hans-Fallada-Preis der Stadt Neumünster 2022 ausgezeichnet.

Arezu Weitholz

Beinahe Alaska

GOLDMANN

MIX
Papier aus verantwortungsvollen Quellen
FSC® C014496

Penguin Random House Verlagsgruppe FSC® N001967

1. Auflage
Taschenbuchausgabe: April 2022
Wilhelm Goldmann Verlag, München,
in der Penguin Random House Verlagsgruppe GmbH,
Neumarkter Str. 28, 81673 München

Illustrationen: Arezu Weitholz
Umschlaggestaltung: UNO Werbeagentur, München
Unter Verwendung der Umschlaggestaltung von Mare
Umschlagmotiv: © Arezu Weitholz
mb · Herstellung: ik
Satz: GGP Media GmbH, Pößneck
Druck und Einband: GGP Media GmbH, Pößneck
Printed in Germany
ISBN: 978-3-442-49263-3
www.goldmann-verlag.de

Besuchen Sie den Goldmann Verlag im Netz

»Die Arktisbegeisterung ist ein periodisches Fieber, das nach Phasen gewisser Gleichgültigkeit in epidemischer Form wiederkehrt.«

Aus einer US-Zeitschrift von 1893

Es wird

Es wird keinen Mord geben, keine Leichen, kein Monster, keinen Unfall, keine abgefrorenen Nasen oder Zehen. Es wird niemand schneeblind werden, keiner wird ertrinken oder festfrieren, sich das Bein brechen oder einen Anfall erleiden, obwohl ein gewisser Blutverlust durch gemeine Bisse von gefräßigen labradorianischen Bremsen zu beklagen sein wird. Niemand wird ein Walross oder einen Narwal sehen, und ein Eisbär wird sich nur in sehr großer Entfernung blicken lassen. Keiner wird die Aurora für das Totenleuchten der Geister halten. Es werden keine Schamanen singen, es wird kein Gold gefunden werden, kein Mammut wird aus dem Permafrost auftauen und auch kein Polarwurm. Es wird kein Mann und auch keine Frau über Bord gehen, es wird nicht knapp, nicht eng, nur kalt und gelegentlich ein bisschen böse. Die Abgründe bleiben in den Menschen. Man wird sie bloß spüren. Stattdessen wird es um das ganz normale Leben gehen, in dem man ein bisschen redet und ein bisschen lügt, in dem einem die Menschen fremd vorkommen, seltsam und hässlich, dann wieder freundlich und warm. Das Leben, das man als einsam empfindet, weil es das ist. Es wird eine Aussicht geben, eine Leere, in der alles entstehen kann – und nichts. Die Polarsonne wird leuchten, und man wird die trockene, sauerstoffarme Luft der Arktis atmen, in der alles überdeutlich zu sehen ist. Es wird keine monatelange Dunkelheit hereinbrechen, kein Wintersturm heulen, kein Gletscher wird bersten. Das Meer wird dem Land keine Küste abreißen, doch der Permafrost wird tauen, der Regen wird fallen, auf Moos, auf Gräber, auf verlassene Häuser an einem verlassenen Strand auf der größten unbewohnten Insel der Welt. Es wird lyrische Bäume und Gespenstertannen geben. Die ältesten Steine der Welt werden in Fjordwänden aufragen, hinter denen Schamanen (dann doch!) in die Geisterwelt entschweben. Es wird Inseln geben, auf denen Touristen in orangen Jacken auf den Toten herumtrampeln. Gierigen Nebel, der nur darauf wartet, dass man woandershin schaut. Elfen aus Glas, die in Fenstern hängen, mit Blick auf etwas Böses. Man wird lachen, wie um Ungeheuer zu vertreiben. Man wird essen und den Appetit verlieren. Es wird ignoriert werden, hinweggesehen, vermessen, beschwert und gefordert. Menschen werden schimpfen, quasseln, nerven, sie werden lächeln, verzeihen und wieder ausatmen. Sie werden aus dem Fenster sehen, in ihre Bücher – und aufs Meer. Sie werden mit einem Schiff fahren und aufs Meer schauen.

Eismitte

War das der Himmel? Ich schaute hinab auf eine gewaltige weiße Fläche. Es war ein Weiß, das ich so noch nie gesehen hatte. Es war unwirklich, hell, es leuchtete aus sich heraus und reichte bis zum Horizont, wo sich die Ebene wölbte, sodass ich die Erdkrümmung erkennen konnte. Ich griff zur Kamera, legte sie wieder weg, man konnte das nicht fotografieren oder filmen. Es war ein gänzlich blindes Weiß. Einsamkeit, dachte ich, vielleicht sah so die Einsamkeit aus.

Wir flogen über die Gletscher von Grönland, die größte zusammenhängende Eisfläche der Welt. Wenn sie schmolz, würde der Meeresspiegel um sechs Meter steigen, so gewaltig war die Eismasse, die auf dem grönländischen Kontinent saß wie eine Kugel Eis in einem sehr flachen, sehr weiten Becher. Die Geräusche im Flugzeug rückten in den Hintergrund, das Geschwätz der Menschen, das Brummen der Motoren. Dort unten war Alfred Wegener erfroren. Er hatte bewiesen, dass die Kontinente früher eine zusammenhängende Landmasse gewesen waren. 1930 war er von seiner Forschungsstation Eismitte aufgebrochen, weil die Vorräte nicht gereicht hätten. Unterwegs waren er und sein Assistent von den Winterstürmen überrascht worden. In letzter Zeit fühlte ich mich immer öfter wie Wegeners Urkontinent – als wäre ich zerbrochen und meine Teile drifteten nun langsam, aber unwiderruflich voneinander weg.

Ein Geräusch riss mich aus meinen Gedanken. Als ich wieder hinausschaute, sah ich im Flugzeugfenster winzige Rillen, als hätten die Wolken von außen mit spitzen Fingernägeln an die Scheibe gekratzt. Ich griff zum Skizzenbuch, doch ich konnte den Blick nicht von dem Weiß hinter den Kratzern lösen. Es leuchtete bis in die hinterletzte Ecke meines Kopfes und entblößte die Dinge, wie sie waren.

Da unten wartete keiner mehr. Ich hatte meine Eltern verloren, ich hatte mein Kind verloren, obwohl verloren das falsche Wort war, denn es klang, als hätte man etwas verbummelt oder verlegt, aus Schusseligkeit ist es einem aus der Tasche gefallen, durchs Netz oder durch ein Loch im Mantel. Verloren klingt, als hätte man beim Roulette auf die falsche Zahl gesetzt. Meine Eltern sind mir abhandengekommen. Das klang schon anders. Mein Kind ist mir nie geschehen. Auch das klang besser. Damit konnte man leben.

Meine Mutter starb vor einigen Jahren einen qualvollen Tod. Davor kamen mir andere Menschen abhanden, darunter ein Vater, eine große Liebe und mehrere Verwandte, die ich gerne als Erwachsene kennengelernt hätte, aber so darf man nicht denken. Man soll nach vorne sehen, die nächsten Schritte gehen, das Kreuz in den Wind drehen, damit der Sturm die alten Gedanken aus dem Kopf pustet, den Staub, den Moder, damit sich nichts festsetzen kann, so wie im Körper feststeckende Knoten irgendwann zu einem Geschwür werden können, das einen das Leben kostet. Man muss nach vorne schauen.

Mein Beruf gestattete es mir, dauernd nach vorne zu sehen. Ich sollte Bilder aus der Arktis mitbringen. Fotos, Skizzen, Zeichnungen, egal, Hauptsache, sie fingen die Stimmung ein. »Wie ist es da?«, hatte meine Verlegerin die Luft zwischen uns gefragt. »Was sieht man da? Wie fühlt sich das an?« Und so saß ich nun in dieser nach vorne schauenden Verfassung, einer klaren und rundum unverwandten, also anhanglosen Verfassung, an Bord eines Flugzeugs und flog über die Eiskappe Grönlands.

Ich hatte gelesen. Über die Eisdrift, den Eisblink und den magnetischen Nordpol. Über Schweröl und den Permafrost, über die Inuit und Nilas-Eis, über John Franklin und über die schwarz-weiße Labrador-Ente, die leider ausgestorben war, so wie der Große Alkvogel und der Dodo.

Ich hatte eingekauft. Warme Socken, eine dicke Jacke, Handschuhe, eine neue Mütze, ein neues, besseres Objektiv für meine alte Nikon, warme Unterhosen und noch mal dicke Socken, man konnte nie wissen.

Ich hatte mich verabschiedet. Meine Bekannten demonstrierten in Berlin gegen den Klimawandel. Ich würde ein Schiff besteigen, das eine Route fuhr, die überhaupt nur wegen der Erderwärmung langsam schiffbar wurde. Die Nordwestpassage.

Wir würden von der Südspitze Grönlands nach Norden fahren, bis zur Diskobucht, dann westwärts über den Atlantik und durch das arktische Labyrinth der kanadischen Küste bis nach Alaska. Die Reise sollte zweieinhalb Wochen dauern. Das Schiff war ein Passagierschiff, aber vergleichsweise klein, es passten nur einhundert Passagiere drauf. Die Reederei hatte diese Reise als Expeditionskreuzfahrt verkauft, das bedeutete: wenig Unterhaltung, kein Ballermanntourismus, dafür Vorträge, Landausflüge und große Panoramafenster. Das Schiff hatte sogar einen Hybridmotor und fuhr ohne Schweröl, doch es war immer noch – da hatten die Bekannten nicht unrecht – eine ökologische Sauerei. Sie waren aber nicht wegen meines CO_2-Fußabdrucks schockiert, ein Thailandflug hätte sie kaltgelassen. Sie empörten sich, weil man in der Arktis aus nächster Nähe beobachten konnte, wie die Welt vor die Hunde ging. Weil die Arktis, der letzte unberührte Ort, bisher unzugänglich, unwirtlich und karg, nun in greifbarer Nähe war. Der letzte weiße Wal, am Haken.

Ich schaute nach vorn. Das Blau über dem Eis stand dem Weiß in seiner Klarheit in nichts nach.

Nasser Sack

Narsarsuaq, Grönland

»Willkommen in Nasser Sack«, hatte der Pilot bei der Landung gesagt, zumindest klang Narsarsuaq so aus seinem Mund. Einwohner: 102. Mit mir und den anderen Passagieren 202.

Ich ging hinter zwei Frauen, die sich angeregt unterhielten. Sie marschierten mit festem Schritt zwischen nassgrauen Felsen und silbergrau bewachsenen Hängen zum Hafen. Beide waren so gekleidet wie die Leute auf den Werbetafeln im Outdoor-Bekleidungsladen: knollenförmige Wanderschuhe, Rucksäcke, Windjacken und diese Hosen mit dem Reißverschluss, die sich lang oder kurz tragen ließen. Hinter mir schlenderte ein Paar, das sich auf Deutsch unterhielt. Der Himmel leuchtete in einem gepuderten Himmelblau.

Wenn man alleine reist, fällt man auf, weil man immer aussieht wie jemand, dem etwas fehlt. Ein Partner, eine Aufgabe, eine Unterhaltung. Aber vielleicht empfand ich das auch nur so. Vielleicht kümmerten sich die anderen Leute gar nicht um mich. Vielleicht war ich unsichtbar geworden. Eine alleinstehende Unsichtbarkeit.

Wieso überhaupt allein*stehend*? Wieso nicht alleingehend oder alleinliegend oder alleinlaufend? Als stünde man die ganze Zeit herum, so alleine. Zu einem Paar würde ja auch keiner sagen: »Ach, Sie sind wohl zusammenstehend.« Eine alleinstehende Person ist eine statische Angelegenheit, ein Verharren, als würde sie darauf warten, dass etwas beginnt.

Die Einwohner von Nasser Sack waren ebenfalls unsichtbar, zumindest sah ich keinen auf der Straße. Vor dunkelroten Holzhäusern, die auf Stelzen in den Fels gebaut waren, parkten Schneemobile und Autos. Es gab keine Gärten, nur Stein in jeder Form: Geröll, Kiesel, Felsen, Sand. Was arbeiteten die Leute hier? Gab es einen Supermarkt? Gab es die Einwohner überhaupt?

Ich könnte hierbleiben. Ich könnte eines dieser dunkelroten Häuser mieten, eins mit Blick auf das türkismatte, milchige Wasser, umgeben von hohen Bergen – in direkter Nachbarschaft zur Eiskappe, die darauf wartete, dass sie verschwand. Mein Verschwinden würden die anderen nicht bemerken. Ich könnte in Zukunft in einem dieser Häuser sitzen, Tee trinken und aufs Wasser schauen. Ab und zu würden Passagiere an meinem Fenster vorbeilaufen, auf dem Weg zu ihrem Schiff, sie würden miteinander plaudern, sich umschauen, vielleicht würde einer von ihnen mein Haus sehen und denken: Was wäre das schön, wenn ich da wohnen könnte. Vor mir sah ich die anderen Passagiere, Männer mit Rucksäcken, weißen Haaren, Frauen in Anoraks, wenigstens bin ich jung, dachte ich, wenigstens bin ich nicht wie die. Aber war ich das, jung? War ich nicht wie die?

In den vergangenen Wochen hatte die Reederei mit einer

an Penetranz grenzenden Regelmäßigkeit E-Mails verschickt, in denen sie die Passagiere über die Eisverhältnisse aufklärte, denn auch wenn die Gletscher schmolzen, bedeutete das noch lange nicht, dass zuvor unpassierbare Wege nun passierbar waren. Das hatte etwas mit Luftfeuchtigkeit, Regenmassen, Tiefdruckgebieten und der Polardrift zu tun, die selbst Meeresforscher noch nicht vollständig enträtselt hatten.

Wer wollte, konnte im Vorfeld dieser Reise also Eisspezialist werden, sogenannte Charts lesen, bunte Bilder, die aussahen, als hätte jemand ein »Malen nach Zahlen«-Bild nicht fertig bekommen. Rote Flecken in dem Gewirr aus Strichen und runden Formen waren Gebiete, die zu neunzig bis einhundert Prozent mit Eis bedeckt waren – Eis, so dick und alt wie das von Gletschern. Dunkelgrün war über zwei Meter dickes Meereis. Orange bedeutete mehrjähriges Eis. Unser Schiff konnte einjähriges Eis bis zu einer Dicke von fünfzig Zentimetern schieben, das waren die hellgrünen und die gelben Flecken, doch von denen gab es auf unserer Route zu wenige. Auf der Strecke befanden sich außerdem mehrere Stellen, in die der Wind oder die Strömung jederzeit gewaltige Eismassen hineinschieben konnte.

Die MS *Svalbard* war eine umgebaute Autofähre mit einem schwarzen Rumpf und einem roten Streifen drum herum. Sie – Schiffe waren weiblich – war so groß wie ein Dreifamilienhaus. Mein erster Gedanke war: Da sollen wir alle draufpassen? Dieses kleine Ding soll uns vor Eis und Stürmen schützen? Sie wirkte im Hafen, als hätte ein Riese sein Spielzeugboot hier vergessen. Vor einer geöffneten Ladefläche setzte ein Gabelstapler Paletten ab. Ein dicker Mann in weißer Uniform lief drum herum, der Koch prüfte die Lieferung: Melonen, Ananas und noch mehr Melonen. Von einer anderen Palette lud ein blonder Typ mit Bommelmütze unsere Koffer ab. Ich ging über eine Gangway an Bord. Vor mir schoben die Frauen ihre Handtaschen durch einen Durchleuchter, so wie ihn die Kontrolleure am Flughafen benutzten. Die eine wurde fotografiert. »Fürhe dasse Borde-ause-weise«, sagte der asiatisch aussehende Mann an der Leuchtschranke. Die erste ging durch. Eine metallene Stimme sagte: »Welcome.«

Meine Kabine lag auf Deck 7 am Ende eines langen Ganges. Links befand sich ein halbrundes Bad, und hinter der Längsseite des Bettes gab es ein großes Fenster, dessen Form an den Bildschirm eines Röhrenfernsehers aus den Sechzigerjahren erinnerte. Auf dem Bett lag mein Koffer, der mich irgendwo zwischen dem Unterdeck und hier überholt hatte. Ich überlegte, auszupacken, doch vor dem Fenster begann die Luft zu flirren, roséfarben und hellgrau. Ich griff meine Kameratasche und rannte nach oben.

Eine Stunde später stand ich noch immer an Deck und starrte wie die anderen Passagiere bedeppert in den Himmel. So in etwa musste man sich wohl einen LSD-Trip vorstellen: Die Welt war ein pastellfarbener Acid-Traum. Eben waren die Felsen noch braun, jetzt schimmerten sie pink. Ich konnte weit schauen, weit hinaus in den Fjord, wo die Konturen der zerklüfteten Felsen und die Bergketten so deutlich zu sehen waren, als hätte sie jemand mit einer Rasierklinge in den eisblauen Abendhimmel gestochen. Selbst das Meer war kein Meer, sondern eine Masse aus zähflüssigem Öl, in der sich in hellsten Neonfarben alles spiegelte: der hellblaue Himmel, die fliederfarben schimmernden Berge, die vom Sonnenlicht gelbgoldenen Wolken. Die Metallverkleidung des Schornsteins leuchtete kupferfarben, der schwarze Rumpf schimmerte lila. Leise zog das Schiff durch den Fjord, wie ein Messer durch weiche Butter. Wir hinterließen schimmernde Rillen im dunkelblau-schwarzen Wasser. Ich schaute zurück und stellte mir ein Band vor, das sich zwischen mir und dem Land spannte und immer dünner wurde, bis es zerriss.

Herr Mücke

Vor dem Restaurant empfingen uns ein Mann in dunkelblauer Uniform und der Koch. Jeder hielt einen Bestäuber in der Hand. Unschlüssig blieb ich stehen.

»Das ist Desinfektionsmittel, damit wir uns nicht alle mit Grippe anstecken«, sagte eine weibliche Stimme hinter mir. Ich drehte mich um.

»Nun gehen Sie doch schon weiter, Sie halten den ganzen Verkehr auf.« Die kleine rothaarige Frau schaute mich von unten an, sie wedelte mit ihrer Hand nach vorne, als sei ich ein Page und ihr im Weg. Ihre Augenbrauen waren gezupfte Halbmonde, die Oberlippe ein feiner Strich, ein mürrischer Lippenstiftbogen hing zwischen prallen Wangen, die sich geweigert hatten, mit dem Rest des Gesichts zu altern.

Ich ging einen Schritt vor, hielt dem Koch meine Hände hin, ließ mich besprühen und fragte mich nicht zum ersten Mal vergeblich, woran andere deutschsprachige Menschen sahen, dass auch ich einer war. Ich sah nicht deutsch aus. Ich hatte dunkelbraune Augen und eine prominente Nase, die manche Leute apart, ich hingegen auberginenförmig fand. Mein Teint war eher oliv als rosa, und ich hatte lange dunkle Haare. Ich sah türkisch aus, spanisch, italienisch, portugiesisch. Ging ich deutsch? Zog ich mich deutsch an? Ich sah an mir hinunter. Graue Jeans, braune Wanderschuhe, weißes T-Shirt, schwarzer V-Neck-Pulli. Ich sah nicht aus wie die anderen Menschen hier und schon gar nicht wie die mit den roten Haaren. Oder doch? Hatte ich mit Mitte vierzig bereits den Blick für mich verloren? Das Tragische am Älterwerden war ja, dass man es als Letzter merkte, wenn es einen erwischte. Viele meiner Kollegen sprachen vom Alter als unheilbarer Krankheit und benahmen sich zugleich, als seien sie dagegen immun. Männer Ende vierzig leasten plötzlich Maseratis, lästerten aber über gleichaltrige Frauen, die es wagten, ihre gute Figur zu behalten: »Hinten Lyzeum, vorne Museum.« Es war sinnlos, ihnen erklären zu wollen, dass das Älterwerden bei Frauen anders ablief: Frauen hatten keine Krisen. Frauen hatten Gedanken.

Vor den Fenstern des Restaurants zog die Aussicht vorbei: ein violetter und golden-pinker Himmel, der von weißen Wolkenschlieren und pastellfarbenen Wischflächen durchzogen wurde. Darunter schwappte lackledernes Wasser, doch langsam verschwand der Glanz aus den Farben, als würde jemand Puder über die Welt tupfen.

Passagiere in Funktionskleidung warteten mit leeren Tellern an den Vitrinen und Tresen. Ein stetes dumpfes Brummen mischte sich mit Stimmengemurmel und dem Klappern von Besteck auf Porzellan. Ich spazierte um das Buffet. Von allem gab es zu viel: Fisch, Fleisch, warm, kalt, süß, salzig, Vorspeisen, Kaffee, Brot, Käse. Ich betrachtete die anderen Gäste und fragte mich, was jeden einzelnen von ihnen dazu bewogen hatte, an die fünfzehntausend Euro zu bezahlen, um hier zu stehen.

Ich hatte irgendwann eine Theorie entwickelt, warum Menschen wegfuhren. Ein Drittel der Menschen ging auf Reisen, um etwas zu entdecken (betrüblicherweise wussten sie oft vorher, was). Das zweite Drittel reiste, um sich von zu Hause zu erholen (es war unwichtig, wo sie hinfuhren, Hauptsache, das Andere war angenehmer, wärmer und freundlicher als ihr Zuhause). Der Rest fuhr hinterher. Also: Die Frau wollte irgendwohin, der Mann dann auch. Oder: Die Nachbarn waren schon mal da, in dieser Saison fuhr man dorthin und so weiter und so fort.

Doch die Leute hier? Es mochte daran liegen, dass sie sich ähnlich kleideten, viele im gleichen Alter waren, um die sechzig. Sie trugen Praktisches in knalligem Petrol, leuchtendem Gelb, grellem Violett. Der Tarnung konnten diese Farben nicht dienen, es sei denn, sie hatten vor, jede Nacht durch den Sonnenuntergang zu fliegen. Vielleicht gab es bei Expeditionskreuzfahrern so wie bei Surfern eine Art Kleidungskodex – hier, so ziehen wir uns an, damit ihr wisst, wer wir sind. Wir sind die, die wandern. Wir sind die, die im Regen und in der Kälte nicht frieren. Wir suchen die Kühle, die Nässe, die Hänge, wir haben Wadenmuskeln, ihr habt Handtaschen. Wir sind aktiv, ihr seid bloß interaktiv. Aber interessierte sich das Pärchen am Pfannkuchenstand für die Nordwestpassage? Hatten sie *Die Entdeckung der Langsamkeit* gelesen oder *Meine Reise mit der* Gjöa? Kannte der Mann am Käse das arktische Licht und wollte wieder hin, in diese ferne Region, die man als Nicht-Wissenschaftler am einfachsten mit Passagierschiffen wie diesem hier erreichte? Freuten sich Mutter und Tochter am Gulasch auf die Klimavorträge? Oder auf das Gulasch? Wer von ihnen würde am Fenster stehen und dem tauenden Permafrost dabei zusehen, wie er taute, und dabei denken: Hier stimmt doch was nicht?

In Douglas Adams' *Per Anhalter durch die Galaxis* gibt es ein Restaurant am äußersten Ende der Zeit, dessen Gäste jeden Abend den Untergang des Universums beobachten. Kurz bevor alles in einem Schwarzen Loch verschwindet, fliegen sie mit Überlichtgeschwindigkeit in Sicherheit, und am nächsten Abend nehmen sie erneut ihre Plätze ein, um den Untergang zu beobachten. So würde es hier nicht sein. Es gab kein Raumschiff, das uns in Sicherheit bringen würde. Die Welt ging auch nicht mit einem Knall unter, sondern Zentimeter um Zentimeter. Die Erosion fraß die Küsten, die Eiskappen schmolzen, die Temperatur stieg. Ich sah hinaus. Da war eine Küste, da war das Meer, da war der Himmel.

Ich fand einen freien Platz ohne direkte Nachbarschaft zu Pärchen oder Gruppen, zwängte mich zwischen zwei festgeschraubten Tischen bedrohlich nah an den Weingläsern vorbei und entschuldigte mich bei dem älteren Herrn, der am Fenster saß und sich höflich erhob, als ich mich neben ihn setzte. Er hieß Herr Mücke, war so um die siebzig, trug einen roten Pullunder, darunter ein gestreiftes Hemd. So stellte ich mir Alfred Wegener vor, so akkurat.

Ich wünschte ihm guten Appetit, und er widmete sich wieder seinem Hühnerbein, das er sorgfältig mit Messer und Gabel zerteilte. Ich fand es herrlich, wenn jemand ein Hühnerbein mit Messer und Gabel aß, so wie ich es nicht ausstehen konnte, wenn Menschen keine Tischmanieren besaßen. Selbst in den guten Restaurants saß man zwischen Schaufelbaggern, Buckligen und Gichtkranken, die ihr Besteck so hielten, als wollten sie damit jemanden erdolchen.

Ich bestellte einen Wein und ignorierte meinen knurrenden

Magen. Buffets setzten mich unter Druck. Allein im Restaurant zu sein, setzte mich unter Druck. Es müsste ein Schild für alleinstehende Frauen geben: »Bitte nicht füttern, anbaggern oder anstarren«. Im Kleingedruckten stünde da noch: »Liebe Gattinnen, diese Frau hat kein Interesse an Ihrem Mann (Echt nicht! Behalten Sie ihn bitte!). Liebe Mütter kleiner Kinder, dieser Frau geht es nicht automatisch besser, weil sie ausschlafen konnte. Bitte stellen Sie Ihre Kinder auf lautlos und führen Sie sie an der Leine.« Obwohl, nein. Es müsste kostenfreien Roomservice für allein reisende Frauen geben. Weltweit, in allen Preisklassen. Kommen Sie mir nicht mit Anschluss und Leute kennenlernen oder irgend so einem Gefühlsmist. Wenn man einsam ist, bleibt man einsam, auch im Ausland. Urlaubsbekanntschaften sind Bekanntschaften, die in den Urlaub gehören. Wer in den Neunzigern die wahre Liebe zum griechischen Kellner im Robinson Club auf Samos erlebt hat, weiß, wovon ich spreche. Keiner muss einmal quer über den Globus fliegen und ein halbes Jahresgehalt verprassen, um das zu begreifen. Hinterher ist man doch nur noch einsamer als vorher.

Mit einem Mal schwamm eine Riesenpavlova am Fenster vorbei. Ein weißes Baiser, mit Blue Curaçao übergossen.

»Ein Eisberg«, rief ich.

Herr Mücke drehte seinen Oberkörper zu mir und zog die Augenbrauen hoch wie ein Forscher, der einen seltenen Wurm entdeckt hat. »Ist das Ihr erster?«

Ich nickte.

Er hob sein Bier. »Darauf trinken wir.«

Auf solchen Schiffen gebe es für jeden Unsinn ein Ritual, sagte er. Wer den Polarkreis überquerte, bekam eine Schöpfkelle Eiswasser über den Kopf. Am Äquator wurde man mit Fischöl eingeseift und abgeduscht, eine widerliche Sache, das. Nur bei Eisbergen gab es nichts, was im Grunde genommen schade war. Vielleicht waren es inzwischen einfach zu viele. Und das da, das war ja nur ein Eisbergchen. Ich sollte mal die dicken Tafeleisberge sehen, die vom Schelfeis abbrachen. Das waren vielleicht Kaventsmänner. Manche waren tausend Kilometer lang!

»Ach«, sagte ich.

Die hier kamen aus dem Norden und trieben gegen den Uhrzeigersinn um Grönland herum. Der die *Titanic* erwischt hatte, war auch aus dem Norden gekommen. Aber psst! Laut sagen durfte man das Wort nicht.

»Welches Wort: Eisberg?«, fragte ich.

»Nein.« Er flüsterte: »Tih-tah-nic«, und sah sich um wie Schlemihl aus der Sesamstraße, der mir ein unsichtbares Eis verkaufen wollte.

Ich lächelte.

»Auf einer meiner ersten Schiffsreisen sind wir in einen Orkan geraten«, erzählte Herr Mücke. »Mit der *Bremen* auf dem Weg in die Antarktis. Da hat mir das einer erzählt.«

»Sind Sie öfter auf Schiffen unterwegs?«

»Oh ja. Ich war schon sieben Mal in der Antarktis. Drei Mal bin ich den Amazonas hoch und einmal um Spitzbergen herum, mit einem Russen. Das Schiff, mit dem ich zum ersten Mal in der Antarktis war, ist vor zehn Jahren gesunken. Die *Explorer*. Die hatte 45 Grad Schlagseite.«

»Gesunken?«

»Nicht mit mir drauf! Da war ich nicht dabei. Und es ist auch keiner ertrunken. Haben Sie nicht davon gelesen? Vor ein paar Jahren südlich von Kap Hoorn. Das war vielleicht ein Spektakel. So ein Schiff, das sinkt ja nicht von hinten nach vorne, sie liegt schräg im Wasser. Schauen Sie, so.«

Er hielt seine flache Hand vors Gesicht und drehte sie schräg. Ich folgte der Bewegung und neigte den Kopf.

»Auf der unteren Seite ließen sie die Boote ins Wasser. Aber auf der oberen Seite, hier oben, da rutschte ja nichts. Da war ja nicht genug Neigung. Wissen Sie, wie die das gemacht haben?«

Ich schüttelte den Kopf.

»Als alle drinsaßen, sollten sie ans Heck krabbeln. Da wurde die Aufhängung gelockert. Das Boot rutschte ein Stück runter und hing nun schräg an der Außenwand. Sehen Sie, so. Dann mussten die Passagiere ans andere Ende krabbeln, dann wurde da die Aufhängung gelockert, und das Boot sackte dort hinab. Das haben sie im Wechsel gemacht, hin und her und hin und her, und so kam das Rettungsboot nach und nach runter ins Wasser. Das hat mir der Pole erklärt, der Tomek. Der war damals auch mit dabei. Die Rentner, hat er gesagt, die waren plötzlich alle ganz gelenkig.«

Ich musste grinsen. Herr Mücke machte das wie ich: immer schön auf die Bezugsgruppe schimpfen.

Herr Mücke stammte wie ich aus Berlin und hatte vor seiner Pensionierung erst als Uhrmacher, später als Lehrer an der Berufsschule gearbeitet. Nach dem Tod seiner Frau war er losgefahren, einfach losgefahren, und seitdem kaum noch zu Hause. Man dürfe sich da nichts vormachen, das kostete eine Stange Geld, aber mit der richtigen Vorbereitung ging das.

»Ich war schon vier Mal am Annapurna, aber nicht oben, wir sind immer nur bis zum Basislager gekommen. Beim letzten Mal habe ich dort eine junge Frau kennengelernt. Die sagte: ›Herr Mücke, wenn Sie mal in die Mongolei wollen, rufen Sie mich an. Ich organisiere das für Sie.‹ Und ich sage Ihnen, das müssen Sie vorbereiten! Das geht vom Auto – kriegen Sie mal ein Auto in der Mongolei, da gibt es keine Mietwagenfirmen, keine Tankstellen, keinen ADAC, entweder Ihr Auto fährt, oder Sie bleiben liegen, bis zum nächsten Frühling, wenn Sie Pech haben. Jedenfalls geht das vom Auto bis hin zu den Münzen, die man braucht, um ein Gebetstuch für die Geister zu kaufen. Egal, wo man hinkommt, immer muss man ein Gebetstuch aufhängen, um die Ahnen zu besänftigen, denn das Land gehört den Toten. Das glauben die Mongolen jedenfalls, und deswegen muss man dauernd irgendwelche Tücher aufhängen, die Geld kosten. Ich wollte meine Führerin zu den Tüchern einladen, aber sie hat gesagt, das geht nicht. Jeder muss selber bezahlen. Hier ist das ganz einfach, hier sind wir auf dem Meer. Hier müssen wir keine Tücher aufhängen.«

Ich sah aus dem Fenster und ließ meinen Blick über die tiefgraue wogende Masse Wasser wandern.

Weißer Salbei, hatte man mir geraten. Ich sollte Weißen Salbei abbrennen, dann würden die Träume aufhören. Also hatte ich im Esoterikladen am Heinrichplatz ein paar Kräuterkegel gekauft und stand irgendwann im Wohnzimmer meines Elternhauses, Rauch in sämtliche Ecken wedelnd. Ich hatte das Gebäude seit Jahren nicht betreten, in den letzten Wochen aber mehrfach von meinen Großeltern und Eltern geträumt. Das Haus war schon vor Jahren verkauft worden, nun stand es leer, der neue Besitzer wollte es abreißen lassen. Ich ging durch die Räume, die mir sonderbar klein vorkamen. Im Keller war alles von einem weißen Flaum bedeckt, als hätte es geschneit. Auf den Stufen, der Fensterbank, in den morschen Regalböden wuchs Schimmel, feinste weiße Fäden, die zitterten, wenn ein Windhauch darüber hinwegstrich. Immer mal wieder spürte ich einen kühlen Luftzug, der durch die Zimmer und Flure huschte, als wollte er die Erinnerungen aus den Räumen wehen, doch sie wehrten sich, sie wollten da wohnen bleiben, nur gab es nichts mehr, woran sie sich festhalten konnten. Kein Möbelstück, kein Mensch, noch nicht mal ein vergessener Müllsack. Im Schlafzimmer hatte ich kurz das Gefühl, jemand stehe hinter mir. Ich drehte mich um. Nichts. Ich ging weiter, in andere Räume, wedelte Rauch. Draußen fuhren Autos vorbei, Menschenstimmen kamen näher, entfernten sich. Auf dem Steinfußboden in der Waschküche lag ein toter Vogel. Ich glaube, es war ein Spatz.

Draußen hatte sich das Meer für ein mattes Anthrazit entschieden. Die Umrisse der Küste stachen hervor. Ich hatte mein Skizzenbuch mit an Bord genommen, auch den Farbkasten, obwohl ich wusste, dass ich ihn nicht benutzen würde. In der letzten Zeit malte ich nur noch Striche, Umrisse. Das war noch nicht mal Absicht. Erst hatte ich kein Rot mehr benutzt, dann verging mir die Lust auf Gelb, Grün, Blau. Irgendwann ließ ich auch die Schatten weg. Bei Fotos fiel das nicht auf, bei farbigen Illustrationen nahm ich inzwischen den Computer zu Hilfe.

»Man denkt ja immer, auf dem Wasser wird es stockfinster, aber das stimmt nicht«, sagte Herr Mücke, der meinen Blick bemerkt hatte. »Wenn es stürmt, ist die Dunkelheit ganz unheimlich. So war das auf der *Bremen*. Da hatten wir fast fünfzig Knoten Wind. Oder waren es fünfzig Kilometer pro Stunde? Wir waren jedenfalls auf halbem Weg von Südamerika in die Antarktis. Sie brachten mich auf die Krankenstation, so schlecht war mir, dann mussten die Pfleger weg, und ich lag allein da unten. Rauf und runter ging es, und dieser Lärm. Ich dachte, gleich ist es aus.«

Er faltete die Serviette, legte sie neben den Teller, wischte mit der Hand ein paar Krümel vom Tisch. »Nun schauense doch nicht gleich so bange. Noch ist ja kein Seegang. Der Wind bläst in Fahrtrichtung. Wir kommen vielleicht sogar schneller über den Teich, wenn das so weiterpustet.«

Er stand auf, nickte mir aufmunternd zu.

Das Kinderthema

Der Prince Regent Inlet war noch verstopft, sagte der Eispilot. Unmöglich, da durchzufahren. Im Larsensund löste sich das Eis hingegen langsam auf.

Er räusperte sich und trat einen Schritt zurück, wie einer, den ein paar Sätze schon ziemlich anstrengten. Ich schätzte ihn auf Anfang fünfzig. Er hatte ein verlässliches Gesicht, so wie ein Handwerker, dem man seine Waschmaschine anvertraut. Doch man merkte, wie unwohl er sich fühlte. Seine Aufgabe war es, Satellitenbilder auszuwerten, mit anderen Schiffen Kontakt zu halten und die meiste Zeit auf der Brücke nach vorne zu schauen, aufs Meer. Kein Wunder, dass ihm das nicht passte, hier in der Bar von Passagieren angegafft zu werden. Sicher wollte er wieder in seinen Sessel und aufs Wasser sehen. Wer hätte das nicht gewollt? Da war ein Glitzern und Funkeln, das die Sonne auf das Blau warf, Abertausend Diamanten, die das Meer in einen gigantischen Lurexteppich verwandelten.

Die Bar war eingerichtet wie ein Casino aus den Achtzigern: beige-braun gemusterte Teppichböden, indirektes Licht, Plexiglas, chromverschraubte Tische und farblich abgestimmte Drehsessel. Die Expeditionsleiter packten die orangen Anzüge wieder ein, die wir anziehen sollten, wenn das Schiff sank, obwohl niemand gesagt hatte, »wenn das Schiff sank«, so wie im Flugzeug niemand sagt, »wenn wir abstürzen«. »Im Fall eines Druckverlustes in der Kabine« hieß hier, »wenn das Notsignal ertönt«. Drei Mal kurz, fünf Mal lang. Die Rettungskapseln waren auf Deck 5.

In den folgenden Tagen würden wir Vorträge hören, gelegentlich an Land gehen und wieder Vorträge hören. In der Arktis galt ein Verhaltenskodex: nichts pflücken, abbrechen, mitnehmen. Nicht in fremde Fenster fotografieren. Keinen Müll liegen lassen und in den Gemeinden möglichst nicht auf die Toilette gehen, wegen der Wasserknappheit. Die Expeditionsleiter waren zwischen dreißig und Ende sechzig und stammten aus Deutschland, Kanada, Polen, Frankreich, Norwegen und Großbritannien. Sie waren Geologen, Vogelkundler, Meeresbiologen, nur der blonde Typ mit der Bommelmütze war Snowboarder und Life Coach, und er kannte sich ein bisschen mit Eisbären aus.

Die meisten Passagiere hatten die Bar bereits verlassen. Ein Pärchen unterhielt sich auf dem Weg nach draußen. Sie sagte: »Dasch mit den Eis, ich glaub dene dasch net, die wolle uns doch verarsche.«

Als hätte er darauf gewartet, dass ich in seine Richtung blickte, räusperte sich der Mann neben mir. »Machen Sie diese Reise auch zum ersten Mal?«, fragte er mich auf Englisch.

Die Frage, die er mir gestellt hatte, entsprach dem Knigge für Kreuzfahrten. Es gab nicht viele Themen, die man auf einem Schiff am Kapitänstisch besprechen durfte, und der Kapitänstisch war auf See das Maß aller Dinge. Erlaubt waren: Essen (neue Restaurants, interessante Köche). Kochen (selber kochen, Rezepte und lustige Kochpannen). Reisen (wo man schon mal war, wo man als Nächstes hinfuhr). Zu vermeiden war alles, über das man streiten konnte oder was andere möglicherweise zum Weinen brachte: Fußball, Politik, Krankheit, Tod. Auch Familie war als Thema heikel. Nicht jeder hatte Kinder, nicht jeder mochte Kinder, die wenigsten Kinder waren interessant. Über seinen Beruf durfte man sprechen, vorausgesetzt, man war kein Fußballer, Politiker, Arzt oder Bestatter.

Ich schätzte ihn auf etwa siebzig, er hatte grau-schwarz melierte Haare und ein rundes, freundliches Gesicht. Neben seinem Stuhl lehnte ein weißer Spazierstock.

Da ich nicht sofort antwortete, warf er einen Blick in mein Skizzenbuch, in das ich die Umrisse der Küste gezeichnet hatte.

Ob ich mich für Landschaften interessiere, fragte er, kramte in seiner Hosentasche und holte ein Handy hervor.

Hier, diese Bilder hatte er gemacht, am Computer! Er zeigte mir eine Reihe von alienhaften Gegenden mit gelben, zerklüfteten Felsen, roter Erde und einem türkisblauen Himmel mit violetten Monden. Beinahe hätte ich gerufen: Ach, daher haben die Outdoorfritzen diese irren Farben! Aber ich beherrschte mich.

Hier, dieses Motiv hatte ihm ein Buchverlag für das Cover eines Fantasyromans abgekauft. Das Buch könne er mir aber nicht empfehlen. Schlechte Physik. Das Foto hatte er in Andalusien aufgenommen, ob ich schon mal in Andalusien war, nein? Ich sähe ein bisschen spanisch aus. Sie hatten dort neben einem Bauern gewohnt, der einen Esel hatte. Die ganze Nacht schrie er, der Esel, nicht der Bauer, was war das für ein Lärm, wie eine gequälte Tür, die nicht auf- und nicht zuging.

George sprach über die Ohrenform und die Fellfarbe besagten Esels, von dem seine Frau Agnes, die gute Agnes, heute noch behauptete, es sei ein Muli gewesen.

Ich fragte mich, wem und wie oft George diese Geschichte wohl schon erzählt hatte. Vielleicht war ich Nummer neunundneunzig in einer Reihe nickender Gesprächspartner, die gedacht hatten: »Esel, Esel, mir doch egal, aber der Typ ist irgendwie nett«, oder »Esel, Esel, wie spät ist es, was mache ich hier, kann mal mein Telefon klingeln?«. Das Problem bei Männern wie George war, dass man sie mögen musste. Er sprach leise, seine Augen schauten mit einer gewissen Wachsamkeit, aber nicht abwertend, sondern ganz ohne Arg. Sofern man also kein engherziger Mistvogel war, benahm man sich gefälligst angemessen freundlich. Also nickte ich und dachte: »Esel, Esel, ja, dann eben ein Esel.«

Wie ich denn den Vortrag von eben gefunden hätte. Er zweifele ja stark daran, dass uns diese dünnen Overalls vor dem eiskalten Wasser schützen würden.

Ich musterte ihn. Er wirkte nicht wie jemand, der sich mal eben in den komplizierten Schlaufenmechanismus der Rettungsanzüge hineinwinden könnte.

Natürlich, sagte ich, waren diese Anzüge total fehl am Platz.

Für ihn waren die sowieso nichts. Der dritte Schlaganfall hatte alles verändert. Er kam einfach nicht mehr mit. Die Menschen sprachen schneller, die Autos fuhren schneller, und die Tage rasten dahin. Man wachte auf, und kaum hatte man gefrühstückt und sich über den Tag gefreut, war es schon Nachmittag, es gab Kaffee und Kuchen, immer um vier, darauf bestand die gute Agnes, sie liebte ihren Butterkuchen, und dann war es ja meistens auch bald sechs und Zeit für Schnittchen, dann schalteten sie den Fernseher ein, Nachrichten, ein Film, dann war es zehn und Zeit fürs Bett. Er dachte immer mal wieder daran, dass die gute Agnes sicher etwas anderes wollen würde, als sich ständig um ihn zu kümmern. Aber das tat sie. Sie kümmerte sich um alles. Sie kaufte ein, sie besorgte den Haushalt, sie half ihm beim Waschen, sie zog ihn an, sie füllte seine Medikamente ab, erinnerte ihn daran, sie zu schlucken. Sie fuhr sogar Auto, obwohl sie Autofahren immer gehasst hatte.

Gut, seit drei Jahren kam eine Putzhilfe, weil sie ein bisschen kurzatmig geworden war. Die Tochter, nein, die konnte das nicht auch noch. Die hatte inzwischen selber zwei Kinder, beides Mädchen, sieben und neun, und alle Hände voll, das könne man nicht erwarten, die langen Wege, immerhin war das eine ganze Stunde Fahrt. Der Sohn wohnte ja in Frankreich.

Die Schiffsreise war ein Geschenk zum Hochzeitstag gewesen, erzählte George. Sie hatten sie von den Kindern bekommen. Agnes sei erst dagegen gewesen. Er würde das nicht mehr schaffen. George deutete auf sein Bein. Schaffen. Aber natürlich schaffte er das! Ja, sicher, es gab schon ein paar Möbel, die waren nicht für Leute wie ihn entworfen worden. Dieser braune Drehstuhl etwa. Ihm graute schon vor dem Aufstehen, aber das Schwanken des Schiffes kam ihm zupass. Dann ging es wenigstens allen so wie ihm, haha.

Ich lachte mit.

Einen Schlaganfall, den verkraftete man noch, sagte er. Zwei Schlaganfälle vielleicht auch. Aber drei, es war ein Wunder, dass nur eine Seite gelähmt war, und die auch nur unterhalb der Hüfte, es war ein Wunder »und die liebevolle Pflege Ihrer Frau«, wie die Ärzte meinten, da waren sich alle einig.

Ich fragte mich, ob man bei einem Schlaganfall auch einen Schlag bekam. Schlug eine Faust von innen an den Brustkorb, als wollte sie hinaus? Fiel man hintenüber, obwohl man stand?

Kannte George dieses Gefühl? Wie sich alles zusammenzog, unter dem Hals, als wäre nicht mehr genug Platz im Brustraum? Wie es schlagartig kalt wurde? Jahrelang hatte ich angenommen, dass es Schicksalsschlag hieß, weil man diesen Schlag bekam.

George hatte ein Riesenglück, dass er eine so liebevolle Frau hatte. Und die Kinder, natürlich. Ob ich Kinder hatte?

Ich verneinte.

Kinder waren alles, sagte er. Das würde man eigentlich nur verstehen, wenn man selber welche hatte. Sie veränderten alles. Alles war schöner. Auch anstrengender. Man stand Ängste aus, das könne ich ihm glauben. Aber Kinder waren wirklich alles. Er könne mir nur empfehlen, welche zu bekommen.

Da war es wieder, das Kinderthema. Ich nickte mein Nicken. Das hatte ich in der Schule gelernt und in den Jahren darauf perfektioniert. Der Trick war, dass man langsam genug nickte. Zu schnell wirkte aufgesetzt. Aber auch nicht zu langsam, sonst erweckte man den Eindruck, man wäre geistig nicht ganz auf der Höhe. Es gab kaum Auswege aus so einem Gespräch.

Mit der brutalen Variante stieß man harmlose Stoffel vor den Kopf, wurde aber übergriffige Grobiane los: Ich hasse Kinder. Dann gab es meistens eine Pause, und danach war die Unterhaltung schnell zu Ende.

Weicher war: Ich mag keine Kinder. Ich wollte nie Kinder. Doch dann fragen sie einen immer: Och Gott, warum denn nicht? Wie das denn?, und dachten: Was ist denn mit der kaputt?

Die dritte Variante, die aber nicht garantierte, dass man in Ruhe gelassen wurde, war: Ich kann keine Kinder bekommen. Oder: Es hat nicht geklappt. Aber selbst da gab es Menschen, die nachfragten. Wie man es drehte oder wendete, Kinder waren nur dann ein Thema, wenn man selber welche hatte.

Doch genug von ihm, sagte George. Er würde mich ja langweilen. Aber ach, da kam sie ja schon.

Ich drehte mich zur Tür und sah die gute Agnes, eine Katastrophe um die sechzig mit schwarz gefärbtem, schulterlangem Pagenkopf, auf uns zusteuern. Sie trug eine braun-blaue Fleecejacke, graue Regenhosen und Wanderschuhe. Das blasse, rechteckige Gesicht zerteilte eine ebenfalls rechteckige schwarze Brille, ihre Mundwinkel hingen. Sie ging, wie ein Wagen der Straßenreinigung fuhr. Gerade, ohne anzuhalten. Sie grüßte mich nicht unbedingt freundlich, ihr Grunzen war eher auf der mürrischen Seite von unfreundlich.

Ich nahm es ihr nicht übel. Wenn man jemanden pflegte, saß man im Zug des Lebens mit dem Rücken zur Fahrtrichtung. Man sah nicht nach vorn, man schaute in die Welt des Abschieds, der Krankheit. Man sah Windelsorten. Dekubitus-Matratzen. Wundverbände. Rollatoren. Krankenhausparkplätze. Wartezimmerstühle. Man führte Gespräche mit Menschen, die man als Gesunder nie treffen würde. Andere Angehörige. Krankenschwestern. Pfleger. Sanitätshausvertreter. Wundverbandassistenten. Ein kranker Mensch färbte einem die Wäsche. Es war in etwa das Gegenteil vom Kinderhaben, dieses ständige gemeinsame Schauen ins Ende.

Ich lächelte. Agnes verzog keine Miene, dachte wohl, ich wolle mich lustig machen. Man sah mir nicht an, dass ich ihre Welt nur zu gut kannte. Sie musterte mich von oben bis unten wie jemand, der etwas nicht kaufen wollte, und sagte zu George, nun sei es aber höchste Eisenbahn, seine Spritze, was das denn solle, dass er hier unten rumsäße, mit jungen Damen plaudern könne er ja wohl auch zu Hause. Sie zog ihn aus dem Sessel. Er pfiff, schnaubte und keuchte. Sie ging einen Schritt zur Seite. Er angelte nach dem Stock, drehte sich noch mal zu mir um und sagte mit gepresster Stimme: »Einen schönen Abend noch!« Die gute Agnes stand bereits an der Tür. Sie pfiff nach ihm wie nach einem Hund und machte ein Zeichen, er solle sich beeilen. George humpelte schneller.

Ich packte meine Sachen zusammen und ging an Deck. Eine weiche Brise strich über mein Gesicht. Neben dem Schiff sah ich die Küste, ein rabenschwarz gefüllter Umriss in einer dunklen Welt. Ich atmete tief ein. Die Luft roch nach nichts.

Blattläuse

Ivittuut, Grönland

Ein Lichtstreifen schimmerte zwischen dunklem Meer und dunklem Himmel. Ich sah auf die Uhr, es war fünf Uhr morgens. Der Motor brummte, aber nein, es war nur die Lüftung. Als ich aufstand, spürte ich die Bewegungen des Schiffes, ein sanfter Hub. Ich zog mich an und ging nach oben.

An Deck klatschte mir eiskalter Wind wie ein feuchter Lappen ins Gesicht. Ich hielt mich am nächstbesten Geländer fest. Mit einem Rums fiel die Tür hinter mir zu. Böen zerrten an meiner Kapuze. Ich drückte mich die Treppe zum Oberdeck hoch, hangelte mich nach vorn und stellte mich in den Windschatten des weißen Häuschens am Bug. Langsam hob und senkte sich die Welt. Hoch und runter, wie in Zeitlupe, fuhr das Schiff aus der eiskalten Nacht in den eiskalten Morgen.

Ich stellte mir vor, wie der Wind die Spinnweben aus meinem Kopf pustete, das Archiv entstaubte und nicht fertig gedachte Gedanken, offene Fragen und sinnlose Enden mitnahm.

Es müsste möglich sein, Erinnerungen wegwehen zu lassen. Hier, liebe Windbö, auf diesen Moment kann ich verzichten. Könntest du bitte die Tränen mitnehmen und das Blut? Die Kälte der Fußbodenkacheln an meinem Gesicht? Den Ball aus rostigen Nägeln, der sich in meinem Unterleib drehte? Ich hätte noch eine ganze Reihe, aber diesen Moment, den nimmst du bitte zuerst, ja?

Ich war zu dünn angezogen, fror an den Beinen, und meine Nase lief, aber ich wollte nicht wieder in die Kabine, ich wollte hier stehen bleiben und durchweht werden und sehen, wie das Schwarz aufhörte, Schwarz zu sein. Es war gang und gäbe, dass man Babys verlor. Es war wichtig, darüber nicht wehleidig zu werden. Bald tauchten dunkelgraue Silhouetten auf, die Küste Grönlands. Es rauschte und brummte. Schwarz wurde zu Grau und langsam zu einem milchigen Weiß, in das jemand graues Farbpulver gestreut hatte.

Du musst unter Leute, hatte man mir gesagt. Immer nur allein, das tut nicht gut. Also hatte ich mir einen Schreibtisch in einer Büroetage gemietet. Von meinem Platz konnte ich einen Fetzen Himmel sehen, aber nur, wenn ich meinen Kopf drehte und mit dem Stuhl nach hinten kippelte, als wäre ich eine Topfpflanze auf der Suche nach Sonnenstrahlen. Diese Bewegung war so frustrierend, dass ich den Schreibtisch nach wenigen Wochen wieder aufgab.

Von Weitem hatte Ivittuut ausgesehen, als hätte jemand rote, gelbe und blaue Farbkleckse in den grauen Fels gemalt. Aus der Nähe erkannte man, dass die Farbe von den bunten Häusern abblätterte, die Zäune waren vom Wetter angefressen, das Holz war verrottet, die Fensterläden hingen schief, Scheiben fehlten, Dächer hatten Löcher.

»Ich will da hoch«, sagte die Dame mit den roten Haaren vom ersten Abend. Sie zeigte auf den Berg vor uns. Sie hielt einen dunkelbraunen Rucksack vor den Bauch und lehnte sich zurück. Ihre Pose erinnerte mich an einen Großgrundbesitzer. Ungeduldig trat sie von einem Bein aufs andere. Ihre Freundin oder Reisebegleitung schwieg. Die zwei sprachen mit österreichischem Dialekt, so viel hatte ich auf dem Tenderboot mitbekommen. Sie hatten sich als Einzige gestern Abend zum Essen schick gemacht. Schuhe mit Absatz, Schmuck. Lippenstift. Perlenkette. Vielleicht waren sie Freundinnen. Vielleicht eine Zweckgemeinschaft. Vielleicht war es ein und dasselbe.

Tomek, der polnische Expeditionsleiter, bat um Ruhe. Gleich könnten wir loslaufen, aber erst würde er die Lage erklären, zu unserer eigenen Sicherheit. Hier gebe es nämlich Moschusochsen, und die seien nicht ungefährlich.

Wer als Einziger die letzte Eiszeit überlebt hatte, war garantiert kein Kuscheltier, dachte ich.

Moschusochsen konnten nur gehen oder galoppieren, sagte Tomek. Wenn sie Angst hatten, rannten sie wie die Irren auf das zu, was ihnen Angst machte. Zum Beispiel auf Passagiere in orangen Jacken. Ich schaute mich um. Wir hatten von der Reederei knallorange Windjacken bekommen. Das Gelände sah aus, als wäre es von orangen Blattläusen befallen. In den Zwischenräumen der kargen grauen Felslandschaft krabbelten kleine orange Punkte herum wie Ameisen auf der Suche nach Nahrung. Fetzen von Nebel hingen am Berg. Da oben hielt sich wohl die Herde versteckt, sagte Tomek. Kleine Wölkchen hingen über den graubraunen, nassen Steinen, über den feuchtgrünen Grasbänken, den verwitterten Häusern und den dunkelgrauen Holzbaracken – das Land war aus der Sauna gekommen und dampfte so vor sich hin.

Die Häuser waren die Überreste eines Minendorfes. Da lebte keiner mehr, nur ein verrückter Däne hatte hier sein Ferienhaus, der war aber gerade nicht da. Früher war hier nach Silber geschürft worden, später nach Kryolith, das man zur Herstellung von Aluminium brauchte. Kein Prius ohne Kryolith, sagte Tomek.

Die Rothaarige verzog den Mund und rollte mit den Augen.

Das, sagte Tomek und zeigte auf den See hinter uns, war die geflutete Mine. Da nicht hingehen. Auch nicht da hinten ans Ufer, da begann das Militärsperrgebiet. Er erklärte, wo sich die anderen Expeditionsleiter befanden und dass jeder von ihnen ein Gewehr dabeihatte.

»Können wir jetzt endlich los?«, fragte die Rothaarige. Tomek nickte, und alle setzten sich in Bewegung, wie Schüler auf Klassenfahrt. Die meisten eilten den Berg hoch, um möglichst viel Abstand zwischen sich und die anderen zu bringen.

Ich blieb stehen. Ich hatte mal eine Geschichte über die Distanz gelesen. Da ging es um den Abstand, den Menschen gerade noch so tolerierten, ohne aggressiv zu werden. In Arabien rückten einem die Leute dichter auf die Pelle als beispielsweise in New York. Der optimale Abstand hieß Intimdistanz. In der Psychologie gab es sogar ein Wort für diese Forschung: Proximität. Wurde die Intimdistanz verletzt, reagierten Menschen mit Angst oder Wut. Der ständige Stress im Alltag entstand bei vielen durch häufiges U-Bahn-Fahren; viele nahmen keine Weite mehr wahr, weil sie dauernd ins Handy starrten. Deswegen wollten Touristen auch dauernd Abstand gewinnen, wenn sie wegfuhren.

Ich ließ meinen Blick über dunkle Felsen, bunte Häuser, Moos, Gras, Erde, Steine wandern. Überall kreuchten Menschen herum. Einige marschierten auf eine Hügelkuppe zu, auf der eine Gruppe oranger Männchen mit Ferngläsern auf die zwei Wasserfälle in der Felswand starrte. Wäre ich ein Moschusochse, dachte ich, ich würde mich hier auch nicht blicken lassen.

Ich ging in die Richtung, in der am wenigsten orange Punkte waren, zur Müllkippe. Die Felsen hatten silbergrüne, weiße, dunkelbraune und schwarze Flecken. Manche waren rot-weiß marmoriert. Das Rote war Hornblende, das Weiße Kryolith. Der gewaltige Druck, der dieses Marmormuster hervorgebracht hatte, war Milliarden Jahre alt. Weich sank mein Stiefel ins Moos. Es leuchtete grellgrün. Die Geologin hatte heute früh etwas über die Tundra erzählt und dass sie auf ihren Wanderungen in Grönland manchmal nicht wanderte, sondern krabbelte, denn das Interessante lag nicht am Horizont, man latschte darauf herum. »Im Sommer ist es am Boden manchmal um 15 Grad wärmer als einen Meter weiter oben. Sie laufen nicht durch den Wald. Sie laufen auf dem Wald!«

Ich schaute nach unten, in die winzigen Dickichte leuchtend grauer und gelber Gitter, mit denen sich die Flechten über die Steine ausbreiteten. Die Geologin hatte recht. Da unten war eine Welt aus filigranen Blüten und Verästelungen. Alles wirkte überdeutlich, irgendwer hatte an der Schärfentiefe meiner Augen gedreht und zugleich den Kontrast erhöht. Ich schraubte das neue Objektiv auf und fotografierte den Boden. Kein Wunder, dass mir keine Farben mehr gelingen wollten. Die Wirklichkeit war irre. Sie war unmalbar.

Auf einer Hügelkuppe blieb ich stehen. Auf der Wiese vor mir wiegten sich hellweiße Miniwattebäusche an schmalen grünen Stängeln im Wind hin und her. Wollgras. Wo das wuchs, bekam man nasse Füße, hatte die Geologin gewarnt. Dahinter türmte sich Müll. Zerquetschte Autowracks rosteten im Regen,

Matratzen lagen im Gras. Ein Hügel sah aus wie eine Kunstinstallation: Ein leerer Container wurde von einem Durcheinander aus Gittern, Rohren und Stangen umrahmt, von zerbeulten Tonnen, rotbraunen Backsteinen, Kühlerhauben, ausgebauten Motoren, roten Metalltüren, Spanplatten, Bettgerüsten, Badewannen, Stuhlteilen, Beton und Stein. Hatte der Schnee das alles so zugerichtet? Oberhalb auf einem Felsen hielt ein weißes Kreuz aus Metall Wache über diese Unordnung, darunter steckten weiße und schwarze Grabkreuze zwischen den Felsen.

Auf einer meiner ersten Reisen für den Verlag war ich drei Wochen kreuz und quer durch die schottischen Highlands gefahren, um Orte zu besuchen, an denen es angeblich spukte. Tagsüber wanderte ich über ehemalige Schlachtfelder, durch Schlösser und alte Häuser. Nachts fror ich auf einsamen Landstraßen und in zugigen Hotelzimmern. Am Ende wusste ich alles über abgemurkste Schotten, weiße Ladys und Sumpfkobolde, hatte etliche Bilder von öden Ebenen, dunklen Verliesen und weiten Himmeln über spiegelklaren Lochs gemacht, war aber keinem Gespenst begegnet. Nur einem, beinahe: Auf einem Foto, das in einem kühlen Zimmer auf Dalhousie Castle bei Edinburgh entstanden war, sah man in der Vergrößerung ein Augenpaar. Es starrte aus dem Spiegel heraus.

Ein Fleck, hatte der Lektor gemeint.

Ein Augenpaar, die Sekretärin.

Am Ende wurde im Verlag abgestimmt. Der Fleck gewann achtzehn zu zwei.

Hinter mir hörte ich ein Knacken. Das Funkgerät hing an einem fast zwei Meter großen Mann. Das war Connor, der Chef des Expeditionsteams. Ich hatte am Schwarzen Brett seine Biografie gelesen. Er war fünfzig Jahre alt, kam aus Schottland, war Träger des Polarordens und fuhr seit mehr als dreißig Jahren in die Arktis und die Antarktis. Wie auch Tomek hatte er mehrfach am Südpol überwintert. Jetzt aber sah er aus, als hätte man ihn rückwärts durch einen Rote-Kreuz-Altkleidercontainer gezogen. Er trug eine knallblaue Regenhose, hüfthohe schwarze Anglerstiefel, eine dunkelbraune Jacke, eine grellorange Steppweste und einen neongelben Gürtel, in dem Messer und Werkzeuge steckten. Auf dem Kopf hatte er eine grasgrüne Strickmütze, um den Hals trug er ein Fernglas, um die Schulter ein Gewehr.

»Schöne Mütze«, sagte ich.

Ja, lachte er, die hatte seine Tochter für ihn gestrickt. Die sei im Handgepäck gewesen. Alles andere stammte aus dem Klamottenlager, erklärte er. Sein Koffer hatte mal wieder den Anschlussflug in Kopenhagen nicht geschafft.

»Mal wieder?«

Ach, die Reederei buchte die Anschlussflüge, und meistens klappte irgendwas nicht. Man konnte davon ausgehen, jede dritte Reise ohne sein Gepäck machen zu müssen. Manchmal passierte das auch den Passagieren. Die mussten sich entscheiden: entweder zurück nach Hause oder ohne Kulturbeutel an den Polarkreis. Er hatte inzwischen alles Wichtige im Handgepäck. Vor allem die Unterhaltung. Früher hatte er Bücher mitgenommen, inzwischen brauchte er nur USB-Sticks. Mit Serien.

Sein Funkgerät knackte erneut. Er nahm es in die Hand, sprach hinein.

Serien?

Er fand *Broadchurch* besser als *Happy Valley*, nicht nur wegen der Musik, sondern auch wegen Olivia Colman. War die nicht großartig? Ja, war sie. Er hatte *The Killing* gesehen, aber nicht *Kommissarin Lund. Occupied* kannte er nicht. *Borgen* fanden wir beide gut. Die dritte *Twin Peaks*-Staffel war nur noch halb so gruselig. Genau. Wer fürchtete sich noch vor rückwärtssprechenden, auf dem Kopf stehenden Zwergen? Niemand. Leider konnte er mit Serien wie *Stranger Things* und *The OA* nicht viel anfangen, dafür waren wir uns einig, dass das Staffelfinale von *True Blood* mit zum Schlechtesten gehörte, was jemals gedreht worden war. Und dass es hier so aussah wie bei *Top of the Lake*. Oder wie in *Alien vs. Predator*, nur ohne Schnee, aber das war ein Film und keine Serie.

Zwischendurch sprach er immer mal wieder in sein Funkgerät und schaute durchs Fernglas. Außer orangen Punkten bewegte sich nichts. Keine Moschusochsen, keine Aliens, keine Gespenster.

Auf jede Reise nahm er mehrere Staffeln mit. Für diese hier hatte er die dritte von *Fortitude* dabei, das die Kollegen aus Spitzbergen allerdings nicht leiden konnten. Die erste Staffel war in Island gedreht worden, und bei Schnee verstanden die keinen Spaß.

Ich hätte eher vermutet, dass er *The Terror* mitgenommen hätte, sagte ich.

Hatte ich die gesehen?

Ich nickte.

Und?, fragte er vorsichtig.

Ein Monster, sagte ich, wäre vielleicht gar nicht nötig gewesen, und schwieg das höfliche Schweigen, das man schwieg, wenn man jemand anderem eine Serie nicht vermasseln wollte.

Er schaute in die Ferne, wo ein paar orange Ameisen in Richtung Militärgelände liefen.

Ich fragte ihn, ob das nicht nervte. Aufpassen, dass wir nicht verloren gingen.

An und für sich nein. Es gab natürlich immer ein paar Passagiere, die irgendwas pflückten oder die Wanderwege verließen, aber wenigstens war unter seiner Wacht noch niemand von einem Eisbären angefallen worden, auch wenn das an den Bären lag, ganz sicher nicht an den Menschen. Die meisten liefen wie lebendige Schaschlikspieße durch die Gegend. Sie trampelten auf hundert Jahre alten Bäumen herum und waren beleidigt, wenn man nicht nah genug an die Tiere heranfuhr.

Einen Stinker gab es immer, sagte ich.

Einen?, lachte Connor. Er hatte mal eine Gruppe Buddhisten begleitet, die in der sibirischen Tundra ein Meditationscamp abhalten wollten. Vier Tage Dauermeditation. Insgesamt waren eintausend Leute angereist. Jeden Morgen gab es eine Schlange vor den Mitarbeiterduschen. Die russischen Buddhisten, sagte er, hatten ein System. Einer von denen stellte sich in die Schlange und hielt den Platz für ein paar seiner Kumpel frei. Der nach ihm kam, machte das Gleiche. Wenn man Pech hatte, war man an vierter Stelle und kam trotzdem nicht dran.

»Und was haben Sie getan?«

»Als wir zwei Tage ungewaschen waren, haben wir es genauso gemacht wie die.«

Ich schaute ans entlegene Ufer. Die ersten orangen Punkte stiegen in ein Boot, das sie zurückbringen würde. Zwei Passagiere kamen den Berg hoch und verwickelten Connor in ein Gespräch. Ja, das Eisvorkommen hatte das Rekordtief von 2012 erreicht, sagte er. Nein, die neuen Satellitenbilder waren noch nicht da. Ja, es gab Eisbrecher vor der kanadischen Küste. Nein, die waren nicht für uns zuständig. Ja, bisher war noch kein Schiff durchgekommen. Nein, das Problem lag nicht im Lancastersund, es lag im Larsensund.

Auf der Rückfahrt regnete es. Ich hielt mich an den Tauen im Tenderboot fest. Gischt spritzte mir ins Gesicht, auf die Hände, auf die Jacke, die Hose. Hoch und runter, der Motor heulte und dröhnte. Die Österreicherin saß in der Mitte, natürlich auf dem einzigen Platz, auf dem man nicht nass wurde. Der Fahrer schaute geradeaus, seine Augen hatte er mit einer Skibrille verdeckt, sein Gesicht steckte in einer Ganzkopfmütze, die nur die Augen frei ließ. Er trug einen Overall und sah aus wie eine dicke Legofigur. Alle anderen klammerten sich an ihre Begleitungen.

Wir schienen nicht voranzukommen. Ich fror und dachte, hoffentlich krepierte der Motor nicht, warum war es so kalt, dauernd schwappte Wasser auf meine Hose. Hoffentlich wurde mein Handy nicht nass, wieso hatte ich das überhaupt mitgenommen, was machte ich eigentlich hier?

Wie hatten das die Menschen früher ausgehalten? Wie hatten Generationen vor uns überhaupt irgendwas ausgehalten? Nein, die Frage müsste anders lauten. Würden wir, würde auch nur einer von uns einen Wintertag vor hundert Jahren durchstehen? Könnte einer von uns wie die Matrosen im 19. Jahrhundert mit Wollhandschuhen in die Segel steigen? Oder eine Nacht in einem Polarwinter ertragen, bei minus fünfzig Grad und ständiger Dunkelheit, ohne Daunenjacke oder Fußbodenheizung? Es brauchte noch nicht mal verdorbene Konserven, TBC oder Skorbut, wie bei den unglücklichen Männern der Franklin-Expedition, um zu wissen, dass wir keinen Tag durchhalten würden. Wir waren kälteempfindliche Lappen, die in dieser Gegend nach Stoffen schürfen ließen, um Autos bauen zu lassen, die wir mit Geld bezahlten, das eine Bank für uns erfunden hatte. Wir waren so weit von allem entfernt, dass man schon von Entdecken sprechen konnte, wenn wir mal barfuß über einen Strand liefen.

Die See beruhigte sich, der Gegenwind blieb. In Zeitlupe knatterten wir zum Schiff zurück. Auf und ab. In der Ferne trieb ein kleiner Eisberg. Vorhin hatte ich Connor gefragt, was die türkisen Streifen in den Eisbergen zu bedeuten hatten.

Er sagte, wenn das Gletschereis schmolz, entstanden Rinnen, in die das Regenwasser lief. Wenn das fror, war es hohem Druck ausgesetzt. Je älter das Eis wurde, umso höher der Druck, und deswegen reflektierte es türkis. Wir Menschen waren auch so. Wenn wir weich wurden, ließen wir Erinnerungen in uns rein. Je älter wir wurden, umso länger waren sie hohem Druck ausgesetzt.

Der beste Platz

Mein Kopf tat weh. Etwas drückte von innen auf die Schädeldecke, und gleichzeitig lag eine schwere Steinplatte auf meinem Kopf. Zu Hause hätte ich eine Aspirin genommen, aber ich hatte keine Lust, zur Bordärztin zu gehen, und bald sollte es Abendessen geben. Gesetztes Abendessen.

Ich wanderte ziellos auf dem Schiff herum. Ich lief durch Gänge, die alle gleich aussahen und in denen Monitore hingen, die in Dauerschleife das Sicherheitsbriefing zeigten. Orange Männchen bestiegen eine orange Raumkapsel. Sie hoben die Beine, stiegen ein, setzten sich. Keins hatte ein Gesicht, keins sprach mit dem anderen. Eine Weile betrachtete ich das lautlose Ballett und lauschte dem dumpfen Dauerdröhnen der Schiffsmotoren.

Ich lief von der Rezeption durch den Shop zum Bistro. Ein Stockwerk tiefer befand sich das Tenderdeck, über mir waren Kabinendecks. Am Bug auf Deck 7 lagen die Panoramabar und achtern die Sauna, der Fitnessraum und der Whirlpool. Ich ging raus und stieg die Außentreppe nach ganz oben. Der Boden war hier mit grauen Gummimatten ausgelegt, damit wir bei Regen und Seegang nicht ausrutschten. Nebel umgab das Schiff. Wir hätten sonst wo sein können, irgendwo auf der Welt oder auf einem anderen Planeten. Ich hätte allein an Bord sein können, auf dem Weg zum Nordpol. So begannen Dystopien. Die Welt war am Ende, eine Seuche hatte alle dahingerafft, nur noch ich auf diesem Schiff. War das nicht das Ende von *Frankenstein*? Hinter mir hörte ich ein Geräusch. Ein Passagier stand an der Reling und machte Nebelfotos.

»Hier«, sagte der Restaurantleiter, »der beste Tisch im ganzen Lokal.« Mein Namensschild stand auf einem Tisch am Fenster mit Blick aufs Meer. Von nun an sei das mein Platz, außer wenn es Buffet gab. Ich bedankte mich artig. Es war ein Sechsertisch.

An der Außenseite nahm ein Pärchen aus Dortmund Platz, neben mich setzten sich Mutter und Tochter aus Düsseldorf. Hätte ich sie einem Kommissar beschreiben müssen, ich hätte nicht gewusst, wie. Ihre Gesichtszüge waren neutral. Sie hatten Haare, keine Frisuren. Trugen Kleidung, keine Mode. Nichts fiel an ihnen auf, kein Make-up, keine Extravaganzen. Doch wie um meiner Beobachtung zu widersprechen, tauchte plötzlich ein quietschrosa Pullover mit einer hellbraunen Steiff-Teddybären-Applikation vor mir auf. Der Mund der Trägerin stand leicht offen, die mandelförmigen Augen waren aufgerissen, als wenn sie gefüttert werden wollte. Sie stellte einen Becher Instantnudeln auf die Tischdecke und fragte in ziemlich akzentfreiem Englisch, ob wir Englisch mit ihr sprechen könnten, sie würde gern üben. Dabei strich sie eine lange schwarze Haarsträhne aus ihrem Gesicht. Wie auf Kommando fingen die anderen vier ein Gespräch auf Deutsch an.

Karen Peng hieß in Wahrheit gar nicht Karen, erklärte sie mir. Sie nannte sich so, weil niemand ihren Namen aussprechen konnte. Wie man ihn aussprach, verriet sie aber nicht.

Die Nudeln, sagte Karen, habe sie immer dabei. Sie mache diese Reise öfter, denn sie arbeite für die Reederei. Sie würde die Mitarbeiter im Peking Office schulen. Ob ich schon auf vielen Schiffen gereist war?

Nein, erwiderte ich. Noch auf keinem.

Wie schade, sagte sie. Das Essen war hier nicht gut.

Ich nickte und las: Obst, Caesar's Salad, Muscheleintopf, New York Strip Steak, Grapefruitsorbet und zum Nachtisch Key Lime Pie. Das klang nicht so schlecht.

Normalerweise fuhr sie mit der *Fram*, sagte Karen. Die hatte ein größeres Restaurant, ob ich mal sehen wolle? Sie kramte ein Handy aus ihrer Handtasche und hielt mir das Display hin.

Man würde merken, dass dieses Schiff von einer Autofähre zu einem Passagierschiff umgebaut worden war. Hier gab es nicht genug Licht. Das Panoramadeck war nicht schön, ich solle mal genau hinsehen, auch die Kabinen, und die Aussicht hier, die sei ja wohl ein Konstruktionsfehler.

Ich schaute hinaus. Inzwischen war es stockfinster. Das von Scheinwerfern beleuchtete Wasser schäumte über der Schiffsschraube wie in einem Whirlpool. Ich sah mir ihre Bilder an und blickte dann wieder in ihr dauerempörtes Gesicht. So schaute ein Karpfen, der gerade begriffen hatte, dass er ein Karpfen war.

Dann kam der Caesar's Salad, und Karen empfahl mir eine Reise nach Nordostgrönland. Ich solle mal ihren Blog lesen, den sie seit acht Jahren schrieb. Hiervor war sie in Malaysia gewesen. Hiernach fuhr sie nach Russland. Das stand alles in ihrem Blog.

Ob es in China keine Zensur gebe, fragte ich vorsichtig.

Ach, Unsinn, sagte sie. China war ein Land wie jedes andere, es war nur komplexer, das könne man nicht mal eben so erklären.

Ich dachte, dass Ai Weiwei das ganz gut erklären konnte, aber sie fuhr fort, in Holland sei die Lage weitaus schlimmer. Sie habe ein Buch über Holland geschrieben, und siebzig Prozent der Holländer hassten Ausländer. Sie habe Interviews geführt und könne das belegen. Was ich denn dazu sagte. Und der Brexit. Mit Europa sei es wohl bald aus.

Die zwei Pärchen am Ende des Tisches taten so, als würden sie sich weiterhin über Düsseldorf oder Dortmund unterhalten, doch sie hörten aufmerksam zu.

In der Kategorie nervtötender Gesprächspartner gab es Fernseher, Lautsprecher, Wiederkäuer, Unterbrecher und Besserwisser. Oft in Kombination, etwa besserwissende Lautsprecher, wiederkäuende Fernseher und so weiter. Fernseher ließen keine Unterbrechung zu, und man konnte sie auch nicht abschalten. Lautsprecher murmelten vor sich hin, auch wenn sie alleine waren. Wiederkäuer wiederholten, was man selber gesagt hatte, sie gaben allem ein Echo und hatten keine eigene Meinung. Bei Unterbrechern und Besserwissern sagt der Name alles. Alle liebten es zu reden. Sie drückten einen mit ihren luftdichten Wörtern und nahtlos aneinandergefügten Sätzen förmlich zu Boden, man kam nicht hoch, man konnte sich nicht rühren, keine Chance. Kein »aber«, kein »ach«, man hätte husten, röcheln, an Atemnot verenden können, sie hätten zumindest den Satz noch zu Ende geredet und einen dann vorwurfsvoll angesehen.

Ich starrte wie gelähmt in das empörte Gesicht von Karen Peng und versuchte, mich zu ergeben.

Sie redete, aß und spuckte gelegentlich die Haut von Weintrauben auf eine Gabel, die sie an den Rand des Tellers legte. Den Vortrag des Ornithologen, kau, kau, könne ich mir schenken, spuck, der sei langweilig, sagte sie und pikte mit der Gabel eine weitere Weintraube auf. Über die Vögel der Arktis las ich besser ein Buch. Kau, spuck. Da gab es eins über Puffins, für das sie übrigens auch Fotos gemacht hatte, das lag an der Rezeption. Sie habe auch ein Buch über Pinguine geschrieben. Ob ich ihre Fotos sehen wollte?

Sie holte ein iPad aus ihrer Tasche, legte es auf den Tisch. Weiß-schwarze Kraniche aus Hokkaido, Schwarzbären an der finnisch-russischen Grenze, Weißschwanzseeadler aus dem Trollfjord, bunte Häuser auf den Lofoten, eine vom norwegischen Banksy bemalte Wand; die Aurora borealis am Nordkap sah aus, als wäre Gott mit einer Airbrushpistole in Neongrün und Violett am Firmament ausgerutscht.

Dann kam der Muscheleintopf.

Auf See 1

Ich wachte auf. Jemand hielt einen Teller Milchsuppe vor das Bullaugenfenster. Ich setzte mich aufrecht hin. Entweder es schaukelte nicht mehr, oder ich war über Nacht immun dagegen geworden. Ich stand auf, machte einen Schritt. Doch, es schaukelte noch. Man sah nur nichts.

Ich zog mich an, ging an Deck. Das Meer war über Nacht ergraut. Langsam verzog sich der Nebel, doch in der gesamten Aussicht war kaum noch Blau vorhanden, offensichtlich waren der Welt über Nacht die Farben abhandengekommen, so wie mir in meinen Bildern. Hier machte das aber nichts, im Gegenteil. Mit einem grandiosen Selbstbewusstsein breiteten sich die matten und müden Töne um uns aus. Da war Wasser, und da war Land, und wenn man genau hinsah, fand man nichts. Es war eine Wohltat.

Die meisten Leute denken, dass reduzierte Bilder einfach zu malen sind. Das stimmt nicht. Eine Leere zu malen bedeutet, dass man Dinge weglassen muss. Und je mehr man weglässt, umso mehr Arbeit macht das. Ich habe Straßen, Dörfer und Städte weggelassen, Autokarawanen, Wohnungseinrichtungen, ganz zu schweigen von Frisuren, Kleidung, Lachfalten, Staubkörnern in der Luft, Schatten und Licht, und wenn man erst mal anfängt, etwas wegzulassen, fällt einem auf, wie wenig man es gebraucht hat.

Langsam bewegte sich die *MS Svalbard* nach vorn, in einem gemächlichen Schwung stieg sie an, dann lehnten wir uns ein wenig nach rechts und sanken sanft hinab. Anhand der Bewegung des Decks konnte man förmlich sehen, wie wir schwankten. Wir hoben und senkten uns. Es war, als säße das Schiff am Ende eines gigantischen Löffels, mit dem ein Riese in aller Seelenruhe den Ozean umrührte.

»Du musst das machen. Da ist viel Gegend, das kannst nur du«, hatte meine Verlegerin gesagt. Ich kannte Bilder aus dem Norden. Ich wusste von Fotos, wie ein Gletscher aussah oder das Packeis, diese gewaltige Wüste aus unregelmäßigen Formen, Schollen, die sich ineinanderschoben und übereinandertürmten, Eisfelsen und gezackten Gebirgszügen. Ich hatte Bilder gesehen, auf denen die Eisberge tatsächlich aussahen wie Kathedralen mit Toren und Zinnen und Erkern. Oder die Tundra: weite Flächen aus Moos und Fels und Stein. Bilder aus der Hocharktis, graue Steinwüsten ohne jedes Leben. Doch nichts hatte mich auf das Meer und den Himmel vorbereiten können.

Wir fuhren auf einem eiskalten dunkelblauen Wasserteppich, der ständig in Bewegung war. Die Wellen veränderten ihre Formen, mal sahen sie aus wie Sicheln, dann wie spitze Schieferplatten. Als irgendwann die Sonne durchbrach, veränderten die Wolken ihre Farbe, ihre Form. Der Himmel geriet in Unruhe. Mal sah er aus, als wäre eine Lokomotive durch ihn hindurchgefahren und hätte eine Reihe weiß-grauer Wolkentupfer hinterlassen. Dann wieder formierten sich wahre Türme aus leuchtend weißen Schaumgebilden mit tiefschwarzen Rändern vor einem himmelblauen Hintergrund. Der Himmel war kein Ausschnitt mehr, so wie zu Hause. Er überspannte auch nichts. Wir fuhren durch ihn hindurch. Er würde von nun an neben dem Meer die größte zusammenhängende Masse sein, die wir sehen würden – in einer Welt, die nur noch aus Horizont bestand.

Der Schriftsteller

Der Schriftsteller war an Bord, um einen Kurs in kreativem Schreiben zu geben. Ein Buchclub aus Münster hatte diese Reise gebucht. Das müsse man sich mal vorstellen, ein Buchclub!

Er saß halb liegend in einem Sessel in der Panoramabar, als erholte er sich gerade von einem anstrengenden Tennismatch. Ich schätzte ihn auf etwa mein Alter, Mitte vierzig. Sein Gesicht erinnerte mich an einen müden Vogel. Er hatte Schatten um die Augen, eine schmale Hakennase und schmale Lippen.

Er lehne solche Reisen ja ab, sagte er, wegen des Klimas, aber die Vorsitzende von diesem Club war eine alte Freundin. Ihr war natürlich klar, dass so ein Kurs nichts brachte. Man konnte niemandem das Schreiben beibringen. Schreiben war etwas Persönliches. Ob ich gerne las?

Instinktiv schüttelte ich den Kopf.

Oh, sagte er und schaute, als hätte ich gestanden, dass ich in meiner Freizeit Hundewelpen ertränkte.

Ich erfand schnell irgendwas von einer Konzentrationsschwäche, die mich immer im ersten Drittel eines Buches befiel. Sachbuch, Belletristik, egal. Bei irgendeinem Satz blieb ich hängen. Den las ich immer und immer wieder, aber ich kam einfach nicht über diesen Satz hinweg. Innerlich verwünschte ich mich für diese Schwindelei. Was, wenn er mich etwas lesen sah?

Ob ich seine Bücher kannte? Er nannte mehrere Titel.

Ich verneinte. Ich kannte sie wirklich nicht.

Er sah mich schief an, legte die Hände zusammen, schaute aus dem Fenster, holte Luft, besann sich aber, als hätte er sich gerade dagegen entschieden, mich an etwas Genialem teilhaben zu lassen.

Er schrieb mehr so Besinnlich-Beschauliches für die älteren Semester. Er schrieb noch mit der Hand. Die Kritiker mochten ihn nicht leiden, dafür war sein Stil zu gefällig. Wenn die wüssten! Manchmal saß er von morgens bis abends am Schreibtisch und schrieb nur einen Satz. Seine Leser liebten die Romantik. Viel Natur musste da rein. Und alles ganz langsam. Da durfte sich der Protagonist nicht auf einer Seite verlieben, das war Stoff für mehrere Kapitel. Manchmal fragte er sich, was alle Welt daran so toll fand. Vor allem: Lassen Sie mal über eine Seite einen Baum umfallen!

Hier auf dem Schiff fühlte er sich wie am ersten Schultag, immerhin hatte er so was noch nie gemacht. Für den Buchclub hatte er *Die Entdeckung der Langsamkeit* ausgesucht. Mit Langsamkeit kannte er sich ja aus. Obwohl, eigentlich durfte ein Schriftsteller, der etwas auf sich hielt, solche Schiffsreisen nur noch als Recherche für einen Ökothriller benutzen, sagte er. Oder man schrieb aus der Perspektive eines Geflüchteten. Er kannte Kollegen, die stammten aus Krisengebieten, die hatten zweifellos was zu sagen, doch sobald es ihnen gut ging, fiel ihnen nichts mehr ein. Der Wohlstand machte einen ja ganz träge.

Ich las wirklich keine Bücher? Keine Romane? Er musterte mich erneut von der Seite. Hörte ich denn Radio? Sein Verlag riet ihm in der letzten Zeit öfter, endlich auch mal einen Podcast zu machen.

Ich sah gern Serien, gab ich an.

Ach. Du liebe Güte. Netflix? Die Welt war wirklich bald am Ende. Fernsehen war doch, als würden wir alle wieder in einer Höhle am Feuer sitzen und die Schatten betrachten. Ich müsse raus in die Wirklichkeit. Hier drinnen muffte es doch.

Ich schaute hinaus und sagte, mit dem Muff habe er vielleicht recht, aber das mit dem Fernsehen sei meiner Meinung nach eine Frage der Perspektive. Man könne genauso gut in einem Schatten verloren gehen. Es komme darauf an, mit wie viel Leidenschaft man in der Lage war, sich hineinzubegeben.

Oh, das müsse er sich mal eben notieren, sagte er und zog einen Stift und ein Notizbuch aus seiner Brusttasche. Seine spitze Zunge befeuchtete seine dunkelroten Lippen.

Als er mit dem Schreiben fertig war, fragte ich, woran er gerade arbeite.

Ah, sagte er. So was dürfe man nicht fragen. Das taten nur Laien. Es war unmöglich, über ein Manuskript zu reden. Wenn man darüber sprach, fiel es in sich zusammen wie ein Soufflé, das man zu früh aus dem Ofen genommen hatte. Ideen waren besonders zarte und zerbrechliche Geschöpfe.

Aufgeregt wippte sein Fuß hin und her, als würde er in unsichtbarem Wasser paddeln. Ich starrte auf seine spitz zulaufenden Lederslipper und dachte an zarte und zerbrechliche Geschöpfe.

Er beugte sich zu mir. Er verrate mir nun etwas. Jeder Schriftsteller schrieb über sich. Wer das Gegenteil behauptete, war ein Lügner. Man konnte ja gar nicht wahrhaftig über etwas schreiben, das nicht zuvor in einem drin gewesen war. Er deutete auf seinen Bauch. Dort gärte und rumorte es, und irgendwann musste es eben raus, dann war es reif, es brach sich Bahn, weil es Kraft hatte.

Ich betrachtete seinen Bauch und versuchte mir vorzustellen, was in ihm gärte, das so dringend rausmusste.

Da gab es ein, zwei Schlüsselthemen im Leben eines Schriftstellers, und die lagen allen Werken zugrunde. Machten die alle so. Paul Auster, John Irving, Philip Roth. Bei ihm war es seine Kindheit in einem Kaff in Bayern. Die Vaterlosigkeit. Und die fanatische Religiosität seiner Umgebung, alles Freikirchler. So mit Zungen reden, so ein Unsinn. Leider war sein letztes Buch vom Lektor ziemlich übel verhunzt worden. Das war sowieso das Schlimmste in seinem Beruf. Da saß man Monate, Jahre an einer Sache, und dann? Puff.

Ich nickte. Puff.

Daraufhin war er in einer Sackgasse gelandet.

Ich fragte mich, wie oft Menschen diesen Satz schon gesagt hatten: Ich bin in einer Sackgasse gelandet. Als wäre ein Mensch ein Auto, das man mal eben wenden konnte. Oder dieses sogenannte Loch, in das alle immer fielen, wenn ihnen etwas geschah, das sie »aus der Bahn warf«. Es musste gigantische Gruben geben, wahre Schlaglochabgründe auf den Straßen der zivilisierten Welt, wenn es danach ging, wie oft Menschen von diesen Löchern sprachen. Warum sagten sie nicht: Ich wusste mir nicht mehr zu helfen. Oder: Ich bekam eine Depression. Oder: Etwas in mir ist gestorben.

Er frage sich gerade, warum er mir das erzähle.

Ich erwiderte, das könne ich ihm auch nicht sagen.

Seltsam, lächelte er. Ich hätte etwas Rätselhaftes. Ob mir das schon einmal jemand gesagt hätte?

Ja, dauernd, wollte ich erwidern, aber ich zuckte mit den Schultern und versuchte, möglichst müde und überhaupt gar nicht rätselhaft auszusehen. Ich war kein Rätsel. Ich war ein Gehirn, das in einem Körper steckte und Dinge dachte. Jemand stellte eine Frage. Ich beantwortete sie. Jemand sagte einen Satz. Ich sagte einen anderen. Meine Nase tat nichts zur Sache. Meine Augen taten nichts zur Sache. Meine Brüste taten nichts zur Sache. Aber sagen Sie das mal einem Mann.

Er wolle mir nun doch erzählen, woran er schrieb, die Struktur sei ja abgeschlossen. Vielleicht konnte ich als jemand mit Konzentrationsschwäche sagen, ob mich die Geschichte faszinierte.

Bevor ich so was wie »Schießen Sie los« sagen konnte, sprach er bereits. In seinem neuen Buch ging es um eine Pastorin. Sie war Anfang fünfzig, evangelisch, verheiratet, keine Kinder. Eigentlich war sie zufrieden, aber etwas störte. Die Gemeindearbeit füllte sie nicht mehr aus. Sie wurde von einer ständigen Unruhe erfasst, die sie sich nicht erklären konnte. Sie zweifelte an Gott. Eines Abends erwischte sie drei Teenager, die Graffiti auf die Kirchenwand sprayen wollten. Sie legte sich mit ihnen an und wurde von ihnen verprügelt. Nicht schlimm, nur ein blaues Auge, ein paar Prellungen.

Und?

Das war's, sagte der Schriftsteller.

Kein Happy End?

Nein. Er wolle nicht mehr schreiben, was es nicht gab. Und glückliche Enden gehörten ja wohl dazu.

Würden ihm seine Leser das nicht übel nehmen?

Sollten sie sich doch beschweren. Er wollte endlich schreiben, was wahr war. Er würde die Prügelattacke ausführlich ausdehnen, die Sekunden, in denen ihr Glaube zerbrach. Gott war seine Kernkompetenz, er musste nur ein bisschen mehr über ältere Frauen herausfinden. Wie tickten die? Wie bewegten die sich? Hatten die noch Lust auf Sex? Deswegen war diese Reise ja auch so ein Geschenk für ihn. Die Nordwestpassage? Die war ihm egal, seine Studienobjekte saßen im Vortragsraum und warteten auf ihn. Er grinste zufrieden.

Ob es nicht freundlich wäre, die Damen um Erlaubnis zu fragen.

Ach was, die fühlten sich teilweise sogar geschmeichelt, sagte er. Hauptsache, er kam der Wahrheit ein Stück näher. Wozu war man sonst Schriftsteller?

Ich nickte. Am liebsten hätte ich ihm gesagt, er solle seine blöde Klappe halten und am allerbesten auch aufhören zu schreiben. Man verliebte sich nicht langsam über drei Kapitel. Man verliebte sich, zack, bumm, peng. Und wenn man merkte, dass man nicht mehr verliebt war, geschah das ebenfalls in einem Sekundenblitz. Es gab keine Sternstunden. Es gab nur Sternsupermillionstelsekunden. Das Einzige, was langsam geschah, war der Zerfall. Wie alles auseinanderbrach, wie man in seine Einzelteile zerfiel, in aller Seelenruhe. So wie die Geschichte der Pastorin möglicherweise erst nach der Prügelattacke begann. Vielleicht würde sie nicht mehr schlafen können, Angst haben im Dunkeln, vorm Autofahren, vor anderen Menschen, vorm Alleinsein. Vielleicht krochen die Zweifel erst dann ganz langsam und leise in sie hinein und zersetzten ihre innere Sicherheit, sodass sie ihren Job kündigen, ihren Mann verlassen und an einen anderen Ort ziehen würde.

Was ich davon hielt, fragte er.

Ich schaute aufs Meer.

Das wird bestimmt ein interessantes Buch, erwiderte ich so freundlich, wie ich konnte.

Gegen Abend setzte ich mich an Deck und versuchte, Vögel zu zeichnen, doch es gelangen nur Bogen und Kreise, ineinander verschachtelte Wolkenformen und übereinanderliegende Horizonte. Ein Durcheinander aus Strichen und Linien, in dem immer mehr Vögel nicht auftauchten. Ich zeichnete, bis meine Finger froren, das Licht schwand und die Durchsage zum Abendessen rief. Dann packte ich zusammen und ging in meine Kabine. Ich aß einen Apfel und ein hart gekochtes Ei, beides hatte ich, eine alte Angewohnheit, beim Frühstück mitgehen lassen, danach las ich in Amundsens Reisebericht von der *Gjöa*, bis ich einschlief.

NgLj-2

Der Wind raute an manchen Stellen die Wellenkronen auf, als wollte er die Meeresoberfläche zerkratzen. Die See rieb sich kurz ein Stück Haut ab, doch dann wischte die nächste Windbö darüber, und die Schürfwunde aus weißem Schaum verschwand.

Wir befanden uns bei 72 Grad Nord, 64 Grad West. Etwa hier waren die 129 Männer der HMS *Erebus* und der HMS *Terror* 1845 zuletzt von Walfängern gesehen worden. Von hier fuhren sie weiter nord- und westwärts bis zur Baffin Bay und vermutlich durch den Lancastersund. Sie überwinterten vor Devon Island und beerdigten drei Männer ihrer Besatzung auf Beechey Island. 1846 segelten sie südwärts durch den Peelsund, um einen Durchgang zu finden, und blieben erneut im Packeis stecken, dieses Mal vor King William Land (das in Wahrheit eine Insel war).

Der folgende Sommer war so kalt, dass das Wintereis nicht

taute. Ihre Haut löste sich von den Händen, vom Gesicht. Ein Großteil ihrer Konserven enthielt ungenießbare Schlachtreste oder war unsachgemäß versiegelt worden und durch Blei vergiftet. Der mitgeführte Zitronensaft verlor seine Fähigkeit, sie vor Skorbut zu schützen, es gab vermutlich Ausbrüche von Tuberkulose, die neuen Trinkwasserleitungen an Bord der Schiffe versetzten das Wasser mit noch mehr Blei, sie wurden langsam vergiftet, sie wurden wahnsinnig, sie erfroren. Möglicherweise. Höchstwahrscheinlich. Die Motoren in den Schiffen nutzten ihnen nichts. Sie warteten in monatelanger, abgrundtiefer Dunkelheit darauf, dass es tauen würde. Sie hörten nichts, nur den Wind, die Stürme, das ohrenbetäubende Krachen und Knacken des Eises, das ihre Schiffe zu zermalmen drohte.

Die Netsilik-Inuit bezeichneten die Jahre, in denen die Männer der *Erebus* und der *Terror* dort ausharrten, als »die Jahre ohne Sommer«. 1848, nachdem sie bereits zwei lange arktische Winter bei Temperaturen von minus fünfzig Grad hinter sich gebracht hatten, gaben sie die Schiffe auf, beluden die Rettungsboote und zogen sie auf einem verzweifelten Marsch zu Fuß mit letzter Kraft über die turmhohen Aufwerfungen des Packeises auf die Steinwüste von King William Island.

Sie hinterließen eine Botschaft in einem Metallzylinder, die einzige, die bis heute gefunden wurde. Die von Lady Franklin ausgesandten Schiffe kamen zu spät, sie suchten erst an der richtigen, dann an den falschen Stellen, insgesamt auf einem Gebiet von 100 000 Quadratkilometern. Dabei kartierten sie 13 000 Kilometer unbekannte Küste. Auch der Schotte John Rae, ein Arzt im Dienst der Hudson Bay Company, suchte mit Schlitten nach den verlorenen Matrosen. Er fand Spuren der Schiffe, sprach mit den Inuit und schrieb einen versiegelten Bericht an die Admiralität, der dann doch öffentlich gemacht wurde, worauf eine Welle der Empörung durch das Königreich ging. Kannibalismus? Unmöglich. Aber wahr war es doch. 1992 wurden an der Stelle NgLj-2 auf King William Island etwa vierhundert menschliche Knochen entdeckt, die elf Menschen zugeordnet werden konnten. Ein Viertel der Knochen besaß Schnittmarken, man wies alle drei Stufen des Kannibalismus nach: Entfleischen, Entbeinen und das Aufbrechen der Knochen, um ans Knochenmark zu gelangen.

Bis heute hat man nur Gegenstände der Besatzung, Knochen, aber keine weiteren, verständlichen Berichte finden können. 2014 wurden die HMS *Erebus* und 2016 die HMS *Terror* in nur 24 Metern Tiefe gefunden. Die *Terror* ausgerechnet in der nach ihr benannten Bucht. Unklar ist bis heute, wie sie dorthin gekommen waren.

Ich hatte die Videoaufnahmen gesehen. Irgendjemand hatte die selten blöde Idee gehabt, den Film mit einem Seemannslied zu unterlegen. Da sang ein Shantychor ein Lied über die Nordwestpassage, und man schaute in türkisfarbenes Wasser, erkannte durch den Nebel des Eismeeres schemenhaft ein Ruder, einen Rumpf, die Metallverkleidung, den Eingang zur Messe, einen umgekippten Tisch, und wieder Wasser, Muscheln, Seegras, einen dicken Fisch, doch was niemand sagte und was der Chor einem wegsang, war, dass man das Grab eines Traums betrachtete. Des Traums von der Überlegenheit des modernen Menschen.

Starren

»Was ist eigentlich die Arktis, meine Damen und Herren, das haben Sie sich bestimmt schon gefragt. Das will ich Ihnen jetzt mal erzählen«, begann die Geologin. »Die Arktis ist ein Gebiet, das spärlicher besiedelt ist als die Sahara. Aber wo sind ihre Grenzen? Die einen sagen, sie umfasst alles oberhalb von 66 Grad. Andere sagen, sie ist der Bereich, in dem an einem Tag im Sommer die Sonne nicht untergeht. Ich halte mich an die klimatische Grenze, die 10°C-Juli-Isotherme. Das ist überall dort, wo es im wärmsten Monat des Jahres im Durchschnitt nicht wärmer als zehn Grad wird. Warum zehn Grad? Weil Bäume diese Temperatur benötigen, um einen Wald zu bilden.«

Dann sprach sie vom kleinsten Baum der Welt. »Wissen Sie, wie man einen Bonsai macht? Man foltert ihn, genau. Man begräbt ihn monatelang unter Schnee, bricht seine Zweige ab, gibt ihm wenig Nahrung, kappt seine Wurzeln. Schauense mal, das hier sind dreihundert Jahre alte Bäume.«

Sie zeigte ein Foto mit einem niedrigen Dickicht aus verkrüppelt aussehenden Ästen mit dem Durchmesser von Duschstangen, sie sahen aus wie krumme Knochen. »So überleben sie in der Arktis. Sie verlangsamen ihren Stoffwechsel. Sie warten. Manche warten jahrelang.«

Ich sah aus den Fenstern der Panoramabar. Wenn einem etwas Trauriges widerfuhr, sackte das innere Thermometer ebenfalls ab. Manche Menschen erlitten einen regelrechten Schockfrost. Ich hatte mal mitgeholfen, die Wohnung eines Kollegen aufzulösen. Er war Ende fünfzig, Alkoholiker und sollte nach seiner Therapie in eine neue, schönere Wohnung umziehen. So war der Plan gewesen. Meine Aufgabe war es, etliche gepackte Kisten zum Wertstoffhof zu bringen, doch der Pförtner sagte, vorher müsse sortiert werden. Also öffneten wir die Kartons. Da waren Kassettenrekorder, verstaubte CD-Hüllen, kleine Lampen, Turnschuhe, Bücher, alte Küchengeräte – und das Traurige daran war nicht, dass das alles nun in den Müll wandern sollte, sondern dass man genau den Zeitpunkt bestimmen konnte, wann sein Leben in den Frost geraten war. Irgendwo zwischen dem Comeback von Meatloaf und *Dummy* von Portishead. Danach hatte er nichts mehr angeschafft.

Und das Klima?, fragte jemand am Ende. Was denn mit dem Klima sei. Also mit der Erderwärmung?

Immer mehr Pflanzen und Tiere wanderten nach Norden, sagte die Geologin. Die Inuit sahen Tiere und Pflanzen, für die sie keine Namen hatten. Die Arnika, das Rotkehlchen. Namen waren den Inuit sehr wichtig, sagte sie. Wenn jemand starb, musste der Name rasch weitergegeben werden, damit die Seele weiterleben konnte. Es war auch wichtig, den Orten Namen zu geben, um in der Natur nicht verloren zu gehen. Orte, die Namen hatten, konnte man immer wiederfinden.

Ich dachte an die Namen auf den Seekarten unten im Bistro. Ross. Davis. Baffin. Peel. Westliche Entdecker hatten Meerengen und Berge nach ihren Kapitänen benannt oder nach den Geldgebern, die ihre Schiffe ausgerüstet hatten. So hieß die Boothia-Halbinsel wie ein Gin-Fabrikant, Kaiser-Franz-Josef-Land wie die österreichische Hoheit.

Es gebe schöne Namen auf Inuktitut, sagte die Geologin. Es gebe Orte, die hießen »Da wohnt ein Geist«. Oder »Hier ist kein Fisch«.

Später stand ich an Deck und suchte das Meer nach Krabbentauchern ab, von denen die Geologin vorhin noch erzählt hatte, nach Küken, die mit uns von Grönland aufgebrochen waren und hier auf hoher See, fernab von ihren Fressfeinden, das Fliegen lernten. Die Sonne schien, ein leichter Wind strich über die stille Meeresoberfläche und hinterließ ein Krisseln, das aussah wie Fingerabdrücke auf frischem Lack. Rings um uns war das Wasser seltsam ruhig. Es hatte tatsächlich endlich dieses tiefe Blau, das nicht nach Urlaubspostkarte aussah, sondern nach Tiefe, nach Meer, nach hoher See. Dennoch war es unwirklich. Wir befanden uns in der Mitte zwischen zwei Kontinenten, und das Meer benahm sich wie ein Ententeich.

Dann sah ich sie. Immer wieder tauchten sie auf, kleine schwarze Knäuel. Die Krabbentaucherküken steckten die Köpfe aus dem Wasser, huschten über die Oberfläche, dann waren sie wieder weg. Sie würden es so lange probieren, bis sie endlich flogen.

Gegen Abend türmten sich am hellgoldenen Horizont dunkle Wolkenberge, als wollten sie gegeneinander in den Krieg ziehen. Ganze Kontinente wanderten dort entlang, zerfaserte Landmassen, die unter dem gleißenden Licht der Abendsonne am rosa-blau-weißen Himmel ineinanderstoben und untergingen.

Falls man verschwinden wolle, sei nun der richtige Zeitpunkt gekommen, sagte Herr Mücke beim Abendbrot und lächelte mich mit seinen blitzblauen Augen an. Es gab wieder Buffet, und wir saßen in der Ecke, in der wir bereits am ersten Abend gesessen hatten. Herr Mücke am Fenster. Ich daneben. Er sah schon wieder aus wie aus einem *Tim und Struppi*-Comic, heute trug er sogar ein Sakko.

Einfach über Bord und weg, sagte er. Auf den großen Schiffen gehe das nur noch bedingt. Da gebe es Sensoren an der Reling. Die piepten, wenn was Großes über Bord ging. Gab ja auch viele, die tranken sich einen, und dann standen die da. Das Meer. Die Sterne. Das Leben. Da dachte man schon mal an so was, obwohl man ja spätnachts nicht über Probleme nachdenken sollte, wegen dem Melatonin. Aber nun. Es war ein sauberer Tod, man sprang runter, und weg war man. Keiner hatte Arbeit hinterher. Ob ich Stefan Zweig kannte, ja? Der hatte Kreuzfahrtschiffe geliebt. Aber umgebracht hatte er sich an Land.

Offenbar mochten Schriftsteller das Meer. Wir hätten auch einen hier, sagte ich.

Ach was, sagte Herr Mücke.

Der gebe einen Schreibkurs für einen Buchclub.

Was für ein Unsinn.

Ja, das habe der Schriftsteller auch gemeint.

Ob ich schon wisse, welche Vorträge ich morgen besuchen würde? Er ginge zum Geologievortrag, da würde über das Gneis gesprochen. Das waren die ältesten Steine der Erde, über vier Milliarden Jahre alt. Er mochte Steine. Seine verstorbene Frau hatte sie gesammelt.

»Aber sie war nicht so 'ne Kraftsteintante«, sagte er. »Sie hat Formen gesammelt. So wie Leute in den Wolken Hasen sehen oder andere Figuren, fand sie Steine, die aussahen wie Füße, Autos, Flügel, alles Mögliche. Wir hatten einen Steingarten hinterm Haus. Nach ihrem Tod rieten mir Freunde, wegzufahren. Wenn ich das nicht gemacht hätte, würde ich noch immer zu Hause sitzen und die Steine anstarren, das können Sie mir glauben. Zuerst bin ich nach England. Einmal von unten bis nach oben, wegen Fontane, und von Wales über Devon nach Kent, wegen Rilke. In Kent gab es einen Strand mit schwarzweißen Kieselsteinen, die aussahen wie Augen. Davon hab ich direkt zwei mitgenommen. Die liegen auf meinem Schreibtisch. Wenn ich mal schlechte Laune habe, lasse ich sie schielen.«

Ich lachte.

»Die meiste Zeit bin ich auf Achse. Irgendwer hat mal gesagt, man kann nicht reisen, wenn man sich nicht verabschieden kann. Aber wenn da keiner mehr ist, kann man sich auch nicht verabschieden, nicht wahr? Das heißt, ich bin gar nicht auf Reisen. Ich bin nur woanders. Ich langweile Sie doch nicht?«

»Auf gar keinen Fall«, sagte ich.

»Auf Schiffen lernt man eine Menge«, sagte Herr Mücke. »Ich habe gelernt, wie man Handtücher faltet, sodass sie aussehen wie Schwäne. Wie man aus Eisblöcken Figuren haut. Wie man Kraniche aus Papier faltet. Wie man aufs Meer schaut.«

»Wie man aufs Meer schaut?«

»Ja. Das ist gar nicht so einfach.«

Nach dem Essen stand ich an Deck und versuchte, »richtig« aufs Meer zu schauen. Da war die Sonne, Seite an Seite mit dem Mond. Auf der Sonnenseite war alles hellgelb und himmelblau, auf der Mondseite lag die Welt im Schatten, nur der weiße Mond leuchtete durch dunkelgraue Wolkenbäusche. Langsam tauchte die Sonne in einen Horizont aus Pink-Orange.

Ich ging zurück in meine Kabine und stellte mich vor das Fenster. Gestern hatte der Horizont noch aus Eisbergen bestanden, aber seit heute früh war er ein dünner Faden, der die Welt in zwei leuchtende Rechtecke teilte. Jetzt, im Abendlicht, stachen die Umrisse des Fernglases hervor, das ich auf die Ablage gestellt hatte. Ich hätte Herrn Mücke erzählen sollen, dass auch ich reiste, um nicht irgendwelche Steine anstarren zu müssen. Die gelben Klinker unseres Bungalows, die Grabsteine auf dem Dorffriedhof, die Wände von Krankenhäusern, Pflegeheimen, die Wände meiner Wohnung. Ich setzte mich aufs Bett. Ein Hauch, nur ein winziger Hauch mehr Pink-Orange hätte dem Panorama gutgetan. Aber es ging natürlich auch so.

Auf See 2

Sechs Uhr morgens. Im Bistro saß ein Mann und hielt seinen schmalen Rücken über ein Notizbuch gebeugt. Ich setzte mich in größtmöglicher Entfernung von ihm hin und gab mir alle Mühe, auszusehen wie die pittoreske Version einer Frau, die nicht gestört werden wollte. Ich war vielleicht nicht pittoresk, aber ich wollte nicht gestört werden. Ein philippinischer Angestellter saugte Staub. Vor den Fenstern wogte das graublaue Meer. Der weiße Himmel wirkte durch die schmutzige Scheibe noch lebloser.

»Nein, wir können die Bellotstraße nicht durchfahren, die ist dicht«, sagte eine Stimme. Hinter mir diskutierte ein Ehepaar. Die Pinnwand vor ihnen war behängt mit Seekarten, Wetterprognosen und Tabellen, in denen vermerkt war, welche Tiere uns schon begegnet waren (Krabbentaucher und etliche Eissturmvögel, die unserem Schiff folgten wie Groupies einer Band, aber noch keine Sattelrobben, Buckel-, Finn- oder Seiwale).

»Du meinst den Flaschenhals.«

»Nein, die Bellotstraße. Schau, hier geht es nicht hinunter, und da ist auch alles rot.«

»Ach was, wenn wir da ankommen, ist das Eis weg.«

Ich schaute hinaus.

Schon einmal hatte sich jemand ein warmes Meer in der Arktis gewünscht, der deutsche Geograf August Petermann, der selber nie reiste. Er hatte behauptet, der Golfstrom würde an Norwegen und Spitzbergen vorbei am Pol wiederauftauchen. Viele schrieben darüber Romane, so wie Jules Verne – oder sie fuhren los und fanden den Tod. Der amerikanische Polarforscher De Long, dessen Expedition 1881 scheiterte, schrieb: »Erbittert verfluchen wir Petermann und all seine Werke, die uns in die Irre geführt haben.« Aber Petermann war bereits tot, er hatte sich 1878 in den Kopf geschossen.

Warum waren die Menschen immer und immer wieder in die Arktis gefahren, auch nachdem längst bekannt war, dass die Seewege nicht wirtschaftlich sein würden? Die Expeditionen kosteten ein Heidengeld. Ein Schiff nach dem anderen ging verloren. Dachten sie wirklich, dass dort Monster wohnten? Götter? Sphinxe? Die Hyperboreer, das Volk der Glückseligen? Oder glaubten sie, dass Gott dort eine Nachricht hinterlassen hatte, so eine Art Seriennummer für den Planeten, eine Bedienungsanleitung, aus der hervorging, was das alles sollte?

Um elf Uhr wartete ich mit anderen Passagieren am Eingang zur Brücke. Wir wurden hineingebeten, gingen durch einen Flur und standen im Cockpit der *Enterprise*. Vor der breiten Fensterfront wirkte das Meer noch unendlicher. In die Tische und Podeste waren Bildschirme eingelassen, Computer flackerten, Messinstrumente zeigten Zahlen an. Ganz rechts saß der Eispilot und ignorierte uns. Er starrte stur geradeaus. Der Erste Offizier, ein braun gebrannter Mann mit groben Gesichtszügen, dessen Englisch klang, als wäre es in eine Häckselmaschine geraten, erklärte die Instrumente. Den Motor. Die Hybridbatterieleistung. Passagiere stellten Fragen. Ich sah einen Zirkel auf einer Landkarte und machte ein Foto.

Ob das eine alte Nikon sei, fragte ein blonder junger Mann, der sich mir als Zweiter Offizier vorstellte.

»Ja«, erwiderte ich. »Von meinem Vater.«

Er lächelte. So eine habe er auch mal gehabt. Hier, mit diesen Instrumenten habe der Kapitän gerade die Route vermessen. Er navigierte mit der Hand.

»Mit der Hand?«, fragte ich nach.

Ein anderer Mann im dunkelblauen Pullover rief ihm etwas zu, das wohl Norwegisch war, er nuschelte stark, die beiden sprachen kurz miteinander, dann sagte der junge Blonde zu mir: Wenn ich wollte, könnte ich am Nachmittag noch mal auf die Brücke kommen, dann könnten sie mir das erklären. Jetzt sei es etwas ungelegen.

In der Panoramabar lagen Ferngläser auf den Tischen. Eine Gruppe von Schneegänsen war gesichtet worden. Ein Passagier machte Sudokus. Einer las ein Buch. Einer bekam seinen Kaffee von seiner Frau gebracht. Einer schnarchte. Eine Frau zog sich die Lippen nach.

Wie verging die Zeit an Bord? In Unterhaltungen? In Spiegeleiern? In Durchsagen? Eine Durchsage informierte uns, dass der Wind schwach war, nur 4 Meter pro Sekunde, was einer Beaufortkraft von 3 entsprach. Die Lufttemperatur betrug 8 Grad, die des Wassers 7,2. Auch heute würden wir eine Stunde dazugewinnen. Wir fuhren der Zeit entgegen. Zu wenig Schlaf machte den Menschen mürbe. Würde es uns glücklich machen, wenn wir jede Nacht eine Stunde geschenkt bekamen? Ich rechnete. Wenn ich mit der MS *Svalbard* vierundzwanzig Jahre immer nach Westen fuhr, würde ich nur um dreiundzwanzig Jahre altern. Da war Botox billiger.

»So, meine Damen und Herren. Erst mal willkommen beim Vortrag über die Inuit«, sagte die Geologin. »Hier sehen Sie gleich einen. Sagen Sie bloß nicht ›Eskimo‹. Das mögen die nicht.«

Ich saß in einer Ecke und hatte Mühe, die Augen offen zu halten. Connor hatte gesagt, das war normal in diesen Breiten (dabei müsste es Längen heißen): Man war müde. Hatte schwere Beine. Einen schweren Kopf. Das Schiff machte das mit einem.

»Die Inuit kommen eigentlich aus dem russischen Fernen Osten. Das sieht man am flachen, asiatischen Gesicht, an den schmalen Augen.« Sie erklärte den Unterschied zwischen den Begriffen First Nations, indigen und Inuit, zwischen den Inuit aus Russland, aus Alaska, aus Kanada und aus Grönland.

Sie zeigte Landkarten, Infografiken, Gesichter, dann kam ein Bild von einem langen Stab. »Das ist ein Ulo, ein Frauenmesser, mit dem die Frauen die Robben aus dem Fell schlugen.«

Ich stellte mir in Robbenfell gekleidete Frauen vor, die eine Robbe häuteten, indem sie das Innere herausschlugen, Zentimeter für Zentimeter, da war das Fleisch, und da war das Fell, und dazwischen die weiße Fettschicht, sie schlugen hinein, und das Fleisch löste sich vom Fell.

Es schaukelte sanft. Meine Augen wurden schwer, vielleicht gab es weniger Sauerstoff hier, so wie auf den Gipfeln hoher Berge, immerhin waren wir auf dem Gipfel des Erdballs, oder nicht?

»Sie haben bestimmt *Fräulein Smillas Gespür für Schnee* gelesen?

Also, die Sache mit den vielen Namen für Schnee ist Unsinn. Die Inuit sprechen Inuktitut. Da kann man jeden Begriff auf hundert Arten sagen, weil die Worte Sätze sind. Zum Beispiel ist ›Der Schnee, den ich gestern sah‹ ein Wort, genauso wie ›Der Schnee, der da drüben fällt‹.«

Ob der Passagier da drüben, dessen Kinn auf seiner Brust lag, schlief? Vielleicht hieß er »Der den Kopf so komisch hält«. Ich lehnte mich zurück.

»Das ist eine Specksteinlampe, die mit Robbenfett betrieben wurde …« Das Schiff bubberte, Bbbbbb, und erzitterte. »Und hier ein Spielzeug aus Rentiergeweih.«

Da hinten saßen »Die zwei, denen die Augen zufallen«. Es war schön, dieses Rauschen, dieses Bbbb und das langsame Hoch, Runter und gleichzeitige Seitwärts, Linkswärts, Rechtswärts, Überallhinwärts, das im Fachjargon Rollen und Stampfen hieß, zwei überaus scheußliche Wörter für etwas so Angenehmes. Dumpf schlugen die Wellen gegen den Rumpf. Ich bewegte meinen Kopf, als säße er auf einem langen, biegsamen Hals, nach rechts, vorne, links. Ich war eine Giraffe in Trance.

Dann wachte ich auf.

»… ewige Dunkelheit. Die Winterwinde werfen Boote in die Luft. Sie treiben dich tief in deine Kleidung, in dein Haus, in dein Gemüt. Im schummrigen Licht zwischen den Häusern hörst du im Winter etwas atmen, das ein Herz aus Eis besitzt.«

Sie schaute in die Runde: »*Perlerorneq* – so nennen die Inuit die Winterdepression. Das Wort bedeutet: vom Gewicht des Lebens erdrückt werden. Manche rissen sich früher die Kleider vom Leib, rannten nackt hinaus, aßen Hundescheiße, hauten mit dem Messer um sich. Heute haben die Menschen dort Komfort, doch der Alltag ist noch immer hart. Vom Trinkwasser bis zum Diesel muss alles dorthin geliefert werden. Die Krankenversorgung ist schlecht, es gibt zu wenige Wohnungen, eine hohe Arbeitslosenquote und eine sehr hohe Selbstmordrate.«

»Wegen dem *Perlerorneq*?«, fragte ein Passagier.

»Möglicherweise«, erwiderte sie. »Vielleicht auch wegen der Traditionen. Sterbende ließen sich früher auf Eisschollen aussetzen, um die Gemeinschaft nicht zu belasten. Ihre Seele trieb ins Land des Glücklichseins.«

Draußen trieben kleine Eisblöcke an unseren Fenstern vorbei.

Ich stellte mir vor, wie sich die Bewohner einer Pflegestation auf diese Eisblöcke verteilten. Da saß ein Opa in einem beigen Morgenmantel und las Zeitung. Dort eine Dame im Nerzmantel, immerhin war es kalt. Dort war ein Ehepaar, das nicht alleine reisen wollte. Sie saßen mit dem Rücken zu uns, hielten einander an den Händen.

»Woran glauben die da?«, fragte jemand.

»Sie meinen, bevor die Missionare kamen? Ich kann Ihnen die Bücher von Knud Rasmussen empfehlen. Der ist einmal quer von Island bis nach Alaska gefahren und hat die Geschichten der Inuit aufgeschrieben. Ein Schamane hat dem mal erzählt: ›Wir glauben nicht, wir fürchten.‹ So muss man das auch betrachten. Die leben da nicht im Einklang mit der Natur. Sie fürchten die Natur. Sie haben viele Worte für die Furcht. *Ilira* bedeutet ›nervöses Erstaunen‹. Oder *kappia* heißt ›ängstliche Erwartung‹.«

»Wie hieß der, Amundsen?«, fragte der Mitreisende.

»Nein, Rasmussen. Knud Rasmussen.«

»Ach so.«

Am Nachmittag führte mich der blonde junge Mann, der sich als Zweiter Offizier vorgestellt hatte, zurück zur Brücke. Aus einem Vorraum hörte ich eine tiefe Stimme, die etwas wie »Gödeldijödlwödeld« brummte. Ich erwartete einen mächtigen Mann mit Kapitänsmütze, Bauch und Bart, stattdessen saß da der durchtrainierte, braunhaarige Mittvierziger im dunkelblauen Strickpulli, der am Vormittag mit dem Blonden Norwegisch gesprochen hatte. Das Einzige, was ihn kapitänisch wirken ließ, war sein griesgrämiger Gesichtsausdruck. Er sah aus wie jemand, der sich mit Absicht Salz in den Tee tat. Der Master, so wurde er vom Zweiten Offizier angeredet, saß hinter einem massiven braunen Schreibtisch und bot mir einen Stuhl an.

Larsen, so hieß er, stammte aus einer Familie von Kapitänen, Vater, Onkel, Opa, alle waren zur See gefahren, und nun eben auch er. Eine Frau hatte er nicht, Kinder ebenfalls nicht, am Ende würden die auch noch Seeleute. Er lebte in Bergen, und während er das erzählte, ignorierte er das klingelnde Telefon und schaute mich fortwährend erwartungsfroh und gleichzeitig irritiert an. Sein Gesicht schien abwechselnd »Willst du ein paar an den Hals?« und »Möchtest du einen Tee?« zu sagen.

»Es gibt zu viel Eis in diesem Jahr«, grummelte er. »In Spitzbergen ist dieses Jahr nichts, in Kanada zu viel. Vielleicht müssen wir umdrehen. Vielleicht kommen wir durch. Wer weiß. Wir fahren durch teilweise unkartiertes Gebiet. Ja, unkartiert. Weiße Flecken auf der Karte. Na klar gibt es die noch. Komm mal mit.«

Ich folgte ihm auf die Brücke. Er stellte sich an einen Tisch, auf dem eine Seekarte lag. Ich suchte vertraute Formen und sah nur irgendwelche Striche und Zahlen.

»Hier.« Larsen zeigte mit dem Finger auf eine gestrichelte Linie. »Da fahren wir lang, vielleicht. Da wissen wir, wie tief es ist, da aber nicht. Wenn da Eis ist, müssen wir ausweichen, aber wohin? Dahin? Dahin fahre ich nicht. Weil ich nicht weiß, wie tief es da ist.«

Ich versuchte, seiner Hand zu folgen, aber ich war verwirrt. Nach einer Weile begriff ich, dass Schiffe in vorher ausgemessenen Korridoren fuhren und dass es elektronische Seekarten gab und dass das, was wir betrachteten, eine alte Papierseekarte war, mit Messungen, die fünfzig, hundert Jahre her waren. Neben der Karte lag ein Zettel mit handgeschriebenen Koordinaten.

»Da ist es nur zwei Faden tief, und da ist es so flach, da können wir nur einen Knoten fahren, sonst werden wir runtergedrückt. Die Satellitenbilder sind alt, wenn wir sie bekommen. Die nutzen nichts. Ja, wir haben Radar, aber die Küste ist dort nur drei Meter hoch. Wie willst du das messen? Außerdem herrschen hier andere Luftdruckverhältnisse. Plötzlich kommt Nebel oder ein Schneesturm oder Eis, von da oder von da. Und der Verkehr. Momentan sind rings um den Lancastersund etwa vierzig Schiffe unterwegs. Vierzig! Hier, überall.« Er zeigte auf die verwinkelten, verästelten Wasserwege.

Schweigend betrachteten wir die Karten. Ich sah die Umrisse der King-William-Insel, vor der die *Erebus* und die *Terror* festgefroren waren. Betrachtete die Sunde, die Straits, die Küstenlinien. Um uns brummten Maschinen. Der Eispilot starrte stumm geradeaus. Larsen stand neben mir und schwieg ebenfalls. Möglicherweise stand Larsen oft hier oben und schwieg. Garantiert verbrachten die Männer auf der Brücke ganze Stunden damit, zu stehen und zu schweigen.

Die Passagiere hatten vorhin wissen wollen, welche Wattleistung die Motoren hatten, wie lange der Hybridantrieb funktionieren würde. Ich hätte ihn gern gefragt, ob man nachts auf dem Meer irgendetwas Seltsames sah. Ob er die Wellen lesen konnte, so wie Blinde Blindenschrift.

Das Schiff hob und senkte sich. Die Sonne legte ihre glitzernden Strahlen auf das Meer, als würde sie sagen: »Was wollt ihr denn, hier ist doch alles schön.«

»Was wollen wir hier überhaupt?«, entfuhr es mir.

»Ich weiß auch nicht, was ich hier soll«, brummte er.

Ich stand an der Reling, dick eingepackt, und ließ mir den Wind ins Gesicht blasen, er zog an meinen Hosen, an der Jacke. Ich hatte Vorträge geschwänzt: Die Frauen der Arktisforscher. Die Bodenschätze im Permafrost. Die Werkzeuge der Thule. Außer mir standen nur ein paar andere orange Männchen an der Reling. Sie schauten durch ihre Teleobjektive und suchten den Horizont nach Walen, Vögeln und Robben ab. Ich wollte nichts mehr vergrößern oder näher heranholen. Ich hatte langsam den Eindruck, wenn man durch ein Fernrohr sah, kam man den Dingen nicht näher, man machte nur den Ausschnitt kleiner und schrumpfte die Welt.

Die Sonne färbte den Wellenschaum in hellstes Weiß und ließ das tiefe Blau des Ozeans von unten heraus strahlen. Sie war der Fixpunkt, der Solokünstler, an ihr orientierte sich alles, sie herrschte über den Hofstaat an Wolken und Wasser, sie kommandierte die Farben, die jeder hier trug. Sie baute Alleen aus Licht, sie ordnete alles, was es zu sehen gab, neu an. In der Ferne schwamm ein Eisberg, dann verdunkelte eine Wolke die Sonne, und die aus der zweiten Reihe traten vor, die Wolken mit den grauen Schattenrahmen. Die Callas war fertig, nun kam das Orchester.

Sesselperspektiven

Baffin Island, Nunavut, Kanada

Hatte Franklin diese Küste gesehen? Diese scharfen Konturen, gefüllt mit unterschiedlichen Farben, jeder Berg in einem anderen blaugrauen Pastell, als würde das Land ewig so weitergehen. Zacken hoch, Zacken runter, Zacken hoch. Hatte er an Bord der *Erebus* gestanden und sich gefragt, was wohl hinter diesen Bergen lag? Oder war er gar nicht in den Eclipse-Sund gefahren, sondern nach Norden in den Lancastersund, wo es ungeschützter war mit möglicherweise schlechterem Wetter?

William Barents sah die Sonne aufgehen, wo keine war. John Ross sah ein Gebirge aufragen, wo es keines gab. Lady Franklin sah ihren Mann am Leben, dabei war er längst tot. Was war schlimmer? Etwas zu sehen, was es nicht gab, oder etwas nicht zu sehen, was aber da war?

Am Ende sah man sowieso nur die Hälfte. Kein Sommer war lang genug, um den Winter zu vergessen, hieß es bei den Inuit. Und wir? Wir sahen den Winter nicht, wir sahen nur die Spuren, die er hinterlassen hatte, so wie man in einem Gesicht die Spuren sah, die das Leben hinterließ.

»Darf ich mich setzen?«, fragte eine Frau und setzte sich, ohne meine Antwort abzuwarten.

Ich klappte mein Skizzenbuch zu und legte es auf den Stuhl neben mir. Die Servicekräfte sangen und verräumten Geschirr. Bald würde es Frühstück geben.

Mit Interesse, sagte die Frau, habe sie beobachtet, dass ich mit einem Notizbuch herumlief. War ich etwa Schriftstellerin?

Ich verneinte.

Ach, sagte sie, ein bisschen enttäuscht.

Wir stellten uns vor. Sie hieß Edith, stammte aus der Nähe von Montpellier und hatte seit ihrer Kindheit davon geträumt, einmal die Nordwestpassage zu fahren. »Auf den Spuren der großen Entdecker«, sagte sie und schaute dabei so gedankenverloren aufs Meer, dass ich mich nach einer versteckten Kamera umsah. Sie war durch und durch apart und besaß diese gewisse französische Eleganz, so wie Charlotte Rampling, die mit ihren Schlupflidern zwar nicht schön war, aber irgendwie doch. Ich schätzte sie auf etwa sechzig, sie trug einen kinnlangen, silbern gefärbten Bob, nur ihr französischer Akzent im Englischen wirkte ein bisschen zu gepflegt.

Das Personal, sagte sie, also die da hinten, die stammten von den Philippinen, ob ich das wusste? Die verdienten rund 1500 Euro im Monat. Für die war das viel Geld.

Ich fragte mich, warum sie mir das erzählte. Hinter mir summten die so fürstlich Entlohnten den Refrain von *Truly, Madly, Deeply*.

Ein Koch trug schweigend einen Napf Porridge an uns vorbei. Sie sah ihm hinterher und seufzte.

Ob sie Hunger hatte, fragte ich.

Nein, nein, erwiderte sie und strich sich eine silbergraue Haarsträhne aus dem Gesicht.

Vor dieser Reise war sie mit der *Star of the Seas* im Mittelmeer gewesen. Hiernach würde sie nach New York fliegen, um an Bord der frisch renovierten *Europa* zurück nach Frankreich zu fahren. Dabei musterte sie mich. Sofort spürte ich, wie meine Hose kniff, und widerstand gerade noch dem Impuls, meine Nägel auf Schmutzränder zu untersuchen. Wenn mich dünne Frauen musterten, fühlte ich mich immer wie ein Walross.

Ich reiste wohl auch allein, fragte sie, nachdem sie mich eingehend betrachtet hatte.

Ja, sagte ich.

Allein war das Leben leichter, sagte sie, das machte ich schon richtig.

Nein, wollte ich erwidern. Allein war das Leben überhaupt nicht leichter. Das Leben allein war mühsam, weil man sich Aufgaben suchen musste. Keiner machte sich Sorgen, niemand lenkte einen ab. Keiner beschützte einen, und man war an allem selber schuld. Wenn man lachte, gab es einen Hall, und wenn man weinte, wurde es kalt. Alleine war man ein Freak. Menschen waren nicht dafür gemacht.

Aber Edith sprach längst weiter. Viel zu jung hatte sie sich verliebt und geheiratet. Hals über Kopf, einen armen Schlucker. Sie schüttelte irritiert den Kopf, als amüsierte sie sich über eine nostalgische Filmszene. Was für ein Filou, dem zahle sie noch heute Unterhalt.

Instinktiv schaute ich auf ihre Hände, ja, da war sie, eine Cartier Tank.

Der Zweite war auch nicht besser, sagte sie. Ein schwedischer Immobilienspekulant. Küssen konnte der, aber hier ... Sie machte mit der Hand eine Trinkbewegung.

Der Dritte war Maler gewesen. Surrealist. Portugiese. Ich sah ein bisschen portugiesisch aus, war ich nicht, nein?

Jedenfalls hatte sie sich danach vorgenommen: nie wieder. Doch dann kam David, ein Engländer, wie er im Buche stand. Englische Upper Class. Total verkorkst. Starke Mutter, schwacher Vater, die Vorfahren standen im Debrett's, ob ich wusste, was der Debrett's war? Na, dann konnte ich mir das ja vorstellen. Leider überhaupt kein Geld, aber gut sah der aus. Ganz helle Augen, goldbraun mit schwarzen Sprenkeln. Ob ich schon mal etwas mit einem verheirateten Mann gehabt hatte, nein? Sollte ich lassen. Lohnte nicht. Ging ja immer gleich aus.

Kaffeearoma füllte den Raum, mein Magen knurrte, aber Edith war in eine Laber-Trance verfallen, sie war noch nicht mal ein Fernseher oder ein Lautsprecher, ich glaube, sie wollte einfach nur reden. Sie erzählte mir von ihrer Affäre, wie alles herauskam, von ihrem Umzug nach London, der Ex, die sie hasste, seinen beiden Kindern, die sie nicht mochten, und von David, einem hochkomplizierten (welcher Engländer war das nicht, dachte ich) Mann mit einem empfindlichen Gemüt (wessen Gemüt war nicht empfindlich?). Es war wie so oft. Ihr war klar geworden, dass der sensible, aufmerksame, hochintelligente David eine andere Seite besaß, die sie bisher übersehen hatte. Er war nicht achtsam, er war hypochondrisch. Er war nicht romantisch, er war weich. Und er war auch nicht nachdenklich, er war langweilig.

»... und dann haben wir uns getrennt. Und wissen Sie, was? Er hatte längst eine neue Geliebte. Wenn ich ehrlich bin, war ich erleichtert. Die Neue ist eine jüngere Version von mir. Beneidenswerte Oberarme und eine Haut wie ein Pfirsich. Aber Jungsein ist keine Leistung. Man muss einfach nur fünfundzwanzig Jahre lang nicht sterben. Nicht?«

Ich nickte. Jede dachte, sie war besonders. Selbst die mit den Selbstzweifeln, dem nicht vorhandenen Ego, sogar die dachte insgeheim: Bei mir läuft die Geschichte anders. Bei mir wird alles gut. Er wollte das alles doch gar nicht, er hat sie nie geliebt, und nun sind die Kinder da, und wie soll er denn jetzt raus aus seiner a) Haut, b) Beziehung, c) Baufinanzierung? Es waren die großen Sätze gefallen, die mit »Liebe« und »Kind von dir« und »Du bist es«. Man hatte sich gesagt: »Wenn wir zusammengehören, dann kommen wir auch zusammen«, und es geglaubt. Warum? Weil Frauen, die so was mitmachten, im besten Fall naiv waren. Menschen benutzten einander, um sich über sich selber klar zu werden. Aber das wussten sie nicht mit dreißig, das wussten sie erst viel später, Jahre später, und selbst dann bekamen sie immer noch Herzklopfen, wenn die große Liebe anrief und sagte: »Du wärst es gewesen.«

Nach und nach waren mehr Passagiere ins Restaurant gekommen, Stimmengemurmel erfüllte den Raum. Der Duft von Rührei und Speck breitete sich aus. Eine der philippinischen Kellnerinnen trat an unseren Tisch und bat uns, aufzustehen. Die Fensterplätze waren für die Suiten reserviert. Ich sah Edith hinterher und dachte, Menschen waren wie Eisberge. Von den meisten sah man nur ein Siebtel.

Ich suchte mir einen Platz in der Panoramabar, wo ich sitzen bleiben wollte, bis man mich auch von dort vertreiben würde. Warum konnte man auf diesem Schiff nirgendwo für sich sein? Entweder wurde man vollgequatscht, oder es gab einen Vortrag oder eine Durchsage, oder irgendein Tisch war reserviert. Machte den anderen das nichts aus? Hatten die Zement in den Ohren? Aber vielleicht war ich einfach zu empfindlich.

Die große Liebe hatte die Angewohnheit gehabt, mich anzusprechen, wenn ich gerade las und es wahnsinnig spannend war. War ich auf den letzten zehn Seiten einer packenden Trilogie, konnte ich mit ziemlicher Sicherheit vorhersagen, dass er entweder anrief oder ins Zimmer kam und mir eine Frage stellte oder sich zu mir setzte. Damals ging er mir auf die Nerven, aber da wusste ich noch nicht, dass ich ihn später mal vermissen würde. Manchmal schloss ich mich im Badezimmer ein, legte die Wanne vorher mit einer Decke und einem Kissen aus, um zu lesen. Mein Rücken gewöhnte sich an die seltsame Haltung, und ich dachte: So wohnen. Ich brauchte die Wanne zum Lesen, Schlafen und Waschen. Die Toilette. Ein Wasserkocher fehlte, ein Kühlschrank, aber all das würde irgendwie ins Bad passen. Warmes Essen ließe ich mir bringen. Aber vielleicht wäre das auch der Gipfel der Einsamkeit. Vielleicht würden wir so leben, wenn wir mal alt waren. Wenn wir kein Geld mehr für Altenheime hatten. Dann würden wir alle in Wannen wohnen.

Ich saß in der hintersten Ecke der Bar in einem Ohrensessel, der so hoch war, dass mich niemand sehen konnte. Ich hatte über die Expeditionen des 19. Jahrhunderts gelesen. Berichte von schlimmsten Qualen, von grausamer Einsamkeit, vom Wahnsinn, von der Dunkelheit, von einem unbarmherzigen, langsamen und einsamen Tod. Und hier saß ich nun, in einem bequemen Ledersessel, beheizt, behütet, belüftet und dick bestrumpft, die Sonne im Gesicht, und schaute auf den gleichen Horizont, den sie früher gesehen hatten, auf das glitzernde, helle Gold des Polarmeeres, in den von Wolken besprenkelten Abendhimmel.

Was nie passiert war, konnte auch nicht schiefgehen. Nicht entdeckte Länder blieben verheißungsvoll. Nicht geküsste Typen würden immer küssenswert sein, nicht kennengelernte auf ewig interessant, und die große Liebe wurde nie schal. Die bequemste Version von Leben: die Sesselperspektive.

Wir fuhren in den Eclipse Sound hinein. Ich schaute auf das offene Meer, das wir hinter uns ließen. Die Sonne brach ein letztes Mal durch die Wolken, als wollte sie sagen: »Hier scheine ich noch. Ihr fahrt in die falsche Richtung, hier ist es schön, schaut, wie herrlich golden und hellweiß der Himmel aussehen kann, aber ihr wollt es ja nicht anders haben.« Sie warf ihre Strahlen auf die schneebedeckten Gipfel der Berge, auf die von Moosen und Flechten bewachsenen Hügel, die Klippen, die Felsen und beleuchtete die abendliche Küste in den Tundrafarben Rostrot, Fahlbraun und Kupfergrün.

Eis 1

Croker Bay, Devon Island, Nunavut

»Ständig verstellt sich die Uhr«, beschwerte sich jemand neben mir. »Alle Fotos im Handy sind durcheinander.« Wir saßen im Tenderboot und tuckerten gemächlich durch ein Labyrinth aus Eisbrocken und Eismatsch. Gestern Nacht hatten wir schon wieder eine Stunde dazugewonnen. Auf dem Weg nach Westen dehnte sich die Zeit wie ein endloses Kaugummi, das einfach nicht reißen wollte. Gleichzeitig verlor man den Sinn für Entfernungen und Größen. Die Bootsführer konnten ohne Entfernungsmesser einen Abstand von 200 Metern schätzen, wir nicht.

»Ohne bekannte Bezugspunkte«, erklärte Connor, »spielt uns das Gehirn einen Streich.«

»Ohne bekannte Bezugspunkte«, erwiderte ich, »spielt einem das Leben einen Streich.«

Connor lachte. Er steuerte unser Boot durch dunkles Wasser, das aussah wie Johannisbeerwackelpudding, der sich weigerte, fest zu werden. Rings um uns trieben Eisklumpen, rumsten an die Außenwand. Die Lufteinschlüsse in ihnen waren Hunderte von Jahren alt. Vor uns ragte eine weiße Klippe auf, in Wahrheit war es ein mächtiges Massiv. Der Gletscher vor Croker Bay reichte zwanzig Kilometer ins Land hinein. Davor schwammen rissige Wände in allen Schattierungen von Weiß. Oktaeder, die im Begriff waren, zu zerbrechen. Dreiecke, in die die Sonne Zacken gefräst hatte. Manche dieser unwirklichen Formen waren von schwarzen Striemen durchzogen. Das seien Sedimenteinschlüsse, hatte Connor erklärt. Die Felsen waren durch den hohen Druck in den Eisberg gerieben worden. Alles geschah unter Druck, und hier konnte man es sehen. Schnee wurde zu Eis, Stein zu Sand, das Land gab nach.

Das größte Problem war die Erosion, hatte Connor heute Morgen erklärt. Es gelangte mehr Wasser in die Atmosphäre. Mehr Wasser hieß mehr Regen. Die Küsten brachen. Häuser würden absacken, Straßen versinken. Telefon- und Stromleitungen ausfallen, das Trinkwasser knapp werden. Durch Überflutungen und Erosion zog sich die Küstenlinie in der gesamten Arktis pro Jahr um mehr als einen halben Meter zurück. Keiner war in Panik ausgebrochen, als Connor das vorgetragen hatte. Es war wie beim Arzt, der einem sagte: Sie werden sterben, irgendwann.

Vom Gletscher her hörten wir ein lautes Knarren, das Seufzen eines Riesen. Die Berge drängten aneinander, der Druck musste zum Bersten sein. Backbords warf die Sonne einen Streifen Licht vor das Land, goldener Dampf stieg auf. Steuerbords verfärbte sich das Meer, und Silbernebel lag vor den menschenleeren Felsen von Devon Island, der größten unbewohnten Insel der Welt.

In verschiedenen Räumen hielten Expeditionsleiter am frühen Nachmittag Vorträge über die Geologie und die Vogelwelt der Arktis. Die Bildschirme erinnerten uns unermüdlich an unsere Position. Draußen mäandrierten Regentropfen die Scheibe hinab. An der vorbeiziehenden Küste klemmte der Schnee in den Ritzen der braunen Berge wie schlecht verfugter Kitt. Ich zeichnete Umrisse und Silhouetten und freute mich über jede noch so langweilige Hügelkette, die vor dem Fenster auftauchte. Noch immer war nicht ganz klar, ob wir auf die Hilfe eines Eisbrechers zählen konnten, hatte der Eispilot vorhin gesagt. Auch die Bellotstraße war noch verstopft.

Am ruhigsten war es auf dem Schiff in den Stunden zwischen Mittagessen und Kaffeetrinken, zwischen Ausflug und Anlandung, zwischen Programmpunkten, wenn alle müde waren, einige schliefen, die meisten lasen, wenn man nur die Lüftung hörte, ab und zu das Klappern einer Tasse, wenn niemand sprach, wenn alle in den Seilen hingen, also in den Sesseln lagen, wenn es ruhig war, so wie es da draußen ruhig war, weil es außer ein paar Tieren und dem Wind nichts gab, was ein Geräusch machen konnte. Ich saß in einem der Alkoven und beobachtete die Küste. Eben war es noch klar, keine fünf Minuten später hing eine neue flache Wolke über dem Land, ließ die Hügel verschwinden, erklärte das Land zum bloßen braunen Strich. Nebelbänke – sie rasten wie in einem Nebelbankrennen hintereinander weg. Einen Grafitstift hätte ich brauchen können.

Die Arktis war dünner besiedelt als die Sahara, hatte die Geologin erklärt. Und auch wenn es hier viele Tiere gab, in einer solchen Ödnis konnten sie es sich nicht erlauben, sich alle am selben Ort aufzuhalten. Sie mussten sich verteilen, sie hätten sonst ausgesehen wie ein mehrgängiges Menü. Schneehasen, sagte sie, hatten sehr lange Ohren und waren so groß wie Feldhasen. Sie behielten im Sommer ihr weißes Fell, weil es sich nicht lohnte, für die paar warmen Wochen umzufärben. Sie tarnten sich, indem sie sich bewegungslos irgendwo hinlegten, damit man dachte, sie wären ein Schneefleck. Ich saß wie ein allein reisender Schneehase im Alkoven und tat so, als wäre ich ein Menschenfleck.

Dann kam eine Durchsage: Eisbär an Steuerbord.

Kurze Zeit später stand ich dicht gedrängt zwischen anderen Passagieren an Deck und fotografierte einen weißen Punkt an einem hellbraunen Hang. Ich kam mir unendlich bescheuert vor. Orange Ellenbogen drückten in orange Flanken. Kameras klickten. Keiner sprach. Nur die Frau neben mir hatte gerade gesagt: »Dös isch ja luschtig«, und ich hätte sie am liebsten geohrfeigt. Eisbären waren Einzelgänger. Sie hatten wenige Mittel, um zu kommunizieren, und nutzten sie meistens, um anderen zu signalisieren, dass man sie bitte in Ruhe lassen möge.

Wenigstens hatte ich meine Nikon genommen, dachte ich. Es würde keine Möglichkeit geben, das Bild anzusehen oder es auf einem Display zu vergrößern, denn ich fotografierte mit Film. Für mich würde dieser Eisbär ein weißer Punkt auf einer Küste aus braunen, grauen, kupfergrünen Steinen bleiben. Ich bildete mir ein, dass ich ihn dadurch in Ruhe ließ. Was man sich so einbildet.

Unbewohnt

Dundas Harbour, Devon Island, Nunavut

Ich stand in einem Meer aus Stein. Es nieselte. Eine runde Scheibe Licht hing hinter einem grauen Wolkenschleier. Die Farben waren nass und fahl. Gelegentlich wurde das Geröll von braunem Moos und öligem Lachen durchbrochen. Vor mir lag ein Haufen größerer Steine. Ein Zeltring, das Thule-Haus hatte einst die Form eines Herzens gehabt. Am Ende der lang gezogenen Bucht hing eine Nebelbank in den Bergen, als lauerte sie darauf, endlich näher kommen zu dürfen.

Auf dem Weg hierher hatte der Nebel nur zögerlich die Küste preisgegeben. Wir waren den Meeresarm hinaufgefahren, hatten zunächst nichts gesehen, bevor sich der Nebel an Steuerbord zurückzog, aber wiederum von Backbord näher kam, nur um nach einer Weile dort die Sicht auf die dunkelbraune Küste freizugeben und von der anderen Seite erneut dichter zu werden. Es war, als umgebe uns ein Nebelloch, das sich weitete und schloss und wieder aufriss. Connor hatte gemeint, in *Nebel des*

Grauens von John Carpenter sei am Ende ein Gespensterschiff aus dem Nebel aufgetaucht. Ich war mir nicht mehr sicher, ob es ein Schiff war oder die toten Seeleute.

Wir ließen den Zeltring da liegen, wo er schon seit achthundert Jahren lag, und marschierten in Richtung von Dundas Harbour, einem verlassenen Posten der kanadischen Mountie-Polizei auf der anderen Seite des Hügels.

Neben uns ragte ein Berg auf. Sein Fuß schimmerte im fahlen Kupferbraun verdorrter Flechten. Um seinen Hals hatte sich ein Ring aus hellen Wolken gelegt. Im Felsen selbst sah man Schicht um Schicht den Meeresgrund von vor Milliarden Jahren. Die meisten dachten, dass das Leben irgendwann an Land gegangen war. Das stimmte nicht. Das Meer hatte sich immer weiter zurückgezogen. Das Meer hatte den Fisch im Stich gelassen.

Große Regentropfen auf einem Panorama aus Wasserfarben – das war Dundas Harbour. Über der Bucht hing Dunst, und die Aussicht war so feucht, dass man versucht war, sie auszuwringen wie ein nasses Handtuch. Der letzte kanadische Amtshabende hatte sich drei Monate vor seiner Ablösung das Leben genommen, sagte Connor. Am Hang lagen drei Gräber, gerahmt von einem strahlend weißen Zaun, weiter unten am Meer standen zwei zerfallene Häuser an einem Kieselstrand. Mit ohrenbetäubendem Krachen warf sich die See an die Küste, als wollte sie alles Leben von hier vertreiben.

Wie musste es hier im Winter gewesen sein, wenn es jetzt schon so lebensfeindlich war? Jeder Stein, jede Wolke, der Nieselregen, das brüllende Meer, sie alle sagten: »Ihr habt hier nichts verloren. Wir haben nichts für euch. Was wollt ihr hier?«

»Willst du Vögel fotografieren?«, brüllte Connor. »Da hinten sind Kolonien.«

Ich schüttelte den Kopf.

»Fossilien?«

Ich schüttelte wieder den Kopf. Deswegen war ich nicht hier. Zu Hause hatte ich gedacht, wenn man lange genug in die Leere sah, kam man vielleicht sich selbst ein bisschen näher oder irgendwelchen profunden Wahrheiten auf den Grund. Hier waren sie nun, die unberührten Steine, das unberührte Moos, die unberührten Tümpel, die tosende Brandung, die Berge, der Nebel, die Sedimente. Und was dachte ich? Ich dachte: Es ist kalt. Ich dachte: Ein heißer Kakao wäre jetzt schön. Und ich dachte: Der arme Mountie. Eine verlassene Leiche in einem Haus am Meer in monatelanger Dunkelheit. Ich dachte an Gespenster.

Der Wind rauschte. Das Boot schwankte. Wir fuhren zurück zum Schiff, vorbei an den Klippen mit den Nistplätzen. Das Gefieder des Eissturmvogels, der uns begleitete, schimmerte silbern. Ich konnte es nicht lassen und wollte ihn fotografieren. Prompt bekam mein Handy eine Ladung Seewasser ab.

»Es sieht schlecht aus«, sagte die Dame an der Rezeption. Sie nahm einen Plastikbeutel, füllte ihn mit Reis und legte mein Handy hinein.

Es hatte Dinge getan. Von alleine Notizen aufgerufen, Mails angesehen, spontan Bilder gezeigt, dann wieder SMS. Als wohnte ein Geist in ihm, der in Windeseile alles ansah, prüfte, eigenmächtig Dinge verschickte.

Früher waren Handys anders kaputtgegangen. Das silberne Nokia starb einfach, weil es Regen abbekam. Mein heiß geliebtes dunkelgrünes Nokia 6310 ließ sich irgendwann nicht mehr anschalten. Mein Blackberry zeigte seltsame grafische Muster auf dem Display, nachdem ich es vor Wut in eine Ecke gepfeffert hatte. Keins hatte sich bisher so verhalten, als würde es unter einer multiplen Persönlichkeitsstörung leiden.

»Lassen Sie es bis morgen da drin und schalten Sie es auf keinen Fall an. Vielleicht haben Sie Glück, und es ist kein Salz an die Platinen gelangt. Haben Sie ein Back-up?«

Natürlich hatte ich kein Back-up. Ich bedankte mich und nahm den Beutel entgegen.

Hier oben gebe es ja ohnehin kein Netz, tröstete mich die Rezeptionistin. Außerdem wackele die Satellitenverbindung. Es sei möglich, dass sie ab heute Abend ganz ausfiele.

Ich setzte mich in einen Alkoven und schaute aufs Meer. Fast dreißig Jahre lang hatte ich jeden Abend um kurz vor acht meine Mutter angerufen, denn um acht kam die Tagesschau. Falls das mal nicht klappte, rief sie an und hinterließ eine kurze Nachricht auf der Mailbox. Bis sie es nicht mehr tat. Als sich die Mailbox nach einer Woche löschte, war auch ihre letzte Nachricht verschwunden. Aber meine Erinnerung hatte längst ein Back-up angelegt. Ich erinnerte die Stimme, die Worte, ihren Rhythmus, die Sprachmelodie. Ich hätte sie singen können. Sie waren in mein Hörgedächtnis eintätowiert, egal, ob ich nass wurde, alterte oder mich in eine Ecke warf.

Alles andere verblasste: wie das Licht auf ein Kissen fiel, welche Farbe eine Teekanne hatte, die Form von Flecken auf dem Tischtuch, wonach es roch oder ob ein Hund bellte, als irgendeine Uhr Viertel nach elf schlug an genau diesem Sonntag im Mai – das war der Stoff von Romanen. So lief das nicht mit meiner Erinnerung. Mir blieben bloß wenige Details, die allerdings gestochen scharf. Mit der Zeit wurde die Leere immer größer, und irgendwann wusste man nur noch, wie es sich anfühlte, den anderen zu vermissen.

Gegen Abend informierte uns eine Durchsage über die neuen Satellitenbilder. Das Eis aus der Victoriastraße bewegte sich mit einer Geschwindigkeit von fünf Meilen pro Tag auf den Peelsund zu, der noch immer zu vierzig bis sechzig Prozent mit Eis bedeckt war. Das hieß nun endgültig: Ohne Eisbrecher würden wir nicht durchkommen.

Ich dachte an Larsen und ob er gerade die Seekarte studierte oder ob er Kaffee trank, aus dem Fenster schaute und sich fragte, was er hier sollte.

An der Rezeption stand ein deutsches Pärchen und diskutierte mit der Rezeptionistin. Was, wenn wir nicht durchkamen? Würden wir umdrehen? Und wohin würden wir fahren? Wie sollten sie nach Hause kommen? Was war mit den Rückflügen? Gab es dafür einen Plan? Wer war zuständig? Sie wollten mit jemandem sprechen, der zuständig war.

»... ja, natürlich werden wir Sie verklagen, bei dem Preis ... und wir haben auch noch die Suite gebucht ... Freunde von uns waren mit der *Hanseatic* hier, die sind durchgekommen ... deren Kapitän wusste, wie man das macht ... die erzählen uns doch Mist ... wir glauben das nicht mit dem Eis ... das Schiff, mit dem ich in der Antarktis war ... das war ein Russe ... das muss man planen, das ist das ganze Geheimnis ...«

Die Passagiere waren Tonbänder. Sie liefen, hielten an, liefen wieder, pausierten über Nacht, und am nächsten Morgen würden sie zurückgespult haben und von vorne beginnen.

Als Vorspeise gab es Rentiercarpaccio mit Weintrauben. Karen Peng trug denselben rosa Bärchenpullover wie vor ein paar Tagen. Sie ließ eine Bohnenschale aus ihrem Mund auf ihre Gabel gleiten und legte sie an den Rand des Tellers. Langsam verdarb mir dieses Gespucke den Appetit.

Sie sei kaum noch in China, sagte sie. Ihre Wohnung in Peking liege in der Nähe des Flughafens. Sie hatte bereits fünf Pässe verbraucht, wegen der vielen Visa. Ob ich mal schauen wollte?

Ich suchte in Gedanken nach einer idiotensicheren Fluchtstrategie. Warum durfte man nicht alleine essen? Ich hatte mich noch nie so nach einem hart gekochten Ei gesehnt.

Connor hatte ihr einen Job als Expeditionsleiterin angeboten, sagte Karen.

Sofort sank er in meiner Achtung.

Es kamen ja immer mehr Chinesen auf solche Reisen, sagte Karen. Jemand musste sich um die kümmern. Die aßen nicht alles. Sie legte eine weitere grüne Hülle an den Tellerrand. So was wie das hier auf der Karte, Kabeljau, den aßen die Chinesen schon. Aber das andere nicht.

Die Schalen sahen aus wie platt gefahrene Raupen.

Sie sprach von Kabeljau und warum der in China in Miso-Soße eingelegt wurde, sie sprach über die Vorzüge von Sesampaste und Schweineschnauzen, sie erzählte von Ausstellungen, Projekten und ihrer neuen Kamera. Für die hatte sie nichts bezahlt, sie war nämlich Influencer, ob ich eine Kamera dabeihatte? Die Kamerahersteller gaben ihr alles umsonst, damit sie es benutzte. Ob ich mir jetzt mal ihren Blog angesehen hatte?

Ich erwiderte, dass das Internet kaputt war. Also nicht das Internet, aber offenbar hatte das Schiff Probleme mit der Satellitenverbindung, weswegen es nur an der Rezeption so eine Art Notverbindung gab, aber das WLAN für die Passagiere war aus.

Ach, sagte sie. Aber ein Handy hätte ich ja wohl? Ich müsse nämlich heute Nacht die Zeit umstellen.

Ich schaute raus. Der Nebel war zurück.

Die neuen Antriebe, ob ich mich damit auskannte? Das mit dem Hybridantrieb, das war ja toll.

Ich spießte einen Fladen Rentier auf meine Gabel und verschluckte die Bemerkung, dass unser Schiff, würde es auf Elektroantrieb umschalten, keine zwanzig Minuten damit fahren konnte.

Oder LNG, das war ja auch eine saubere Sache. So nachhaltig. Sie hatte mal einen Vortrag über alternative Antriebe gehalten, den könne sie mir gerne schicken, da stand alles drin.

Ich nickte und tat interessiert. LNG war genauso bescheuert, es gab nicht genug Tankstellen für LNG, die Abfallprodukte verpesteten die Umwelt ebenfalls, aber ich sagte nichts, weil ich keine Lust hatte, mit ihr über Schiffsmotoren zu reden. Genauso wenig, wie ich mit Esoterikern über Quanten diskutierte.

Lamento

»Ich sah drei Kinder auf einem Berg. Sie hielten Orangen in ihren Händen«, sagte die Inuitfrau mit Singsangstimme ins Mikrofon. Sie hatte Ähnlichkeit mit einer Menschenkugel, so rund waren ihr Kopf und ihr Körper. Sie trug einen weißen Kaftan, saß auf einem Stuhl in der Mitte der Panoramabar, und ihre kurzen Beine baumelten über dem Parkett. Ich schätzte sie auf Anfang vierzig. Ich war zu spät zu ihrem Vortrag gekommen und stellte mich an die Seite, zwischen zwei Säulen. Etwa einhundert Passagiere saßen in der Bar und hörten ihr zu. Die Expeditionsleiter standen in einer Ecke. Ich blickte mich um. Niemand, der nicht zu ihr hinsah. Selbst der Barmann lauschte gebannt. An ein Glas Wein war nicht zu denken. Über das Glasdach kroch der Nebel, als wollte auch er zuhören.

»Die Kinder winkten mir zu. Sie waren glücklich.«

»Welche Kinder?«, fragte ich eine Dame, die auf dem Hocker neben mir saß.

»Sakaaq kann Geister sehen«, flüsterte sie.

»Wir kamen früher hierher, um zu jagen«, fuhr die Frau, die Sakaaq hieß, fort. »Wir waren immer arm. Wir hatten kein fließend Wasser. Wir hatten keine Heizung. Keinen Strom. Manchmal bekamen wir Kinder etwas von einer Robbe, einem Karibu. Wir hatten immer Hunger. Aber die Weißen, die hier lebten, gaben uns Essen. Dies war ein glücklicher Ort für uns.«

Ich brauchte eine Weile, bis mir klar wurde, warum ich ein unwohles Gefühl hatte, dann kam ich darauf. Ich kannte diesen Tonfall aus Altenheimen und Krankenhäusern. Es war eine Art Seufzsprechen. Was man mit dieser Stimme sagte, verwandelte sich in ein Lamento. Da klang sogar »Guten Morgen« wie Zahnweh.

Möglicherweise stimmte aber auch etwas mit mir nicht. Wenn mir jemand von seinem schweren Leben erzählte, dachte ich oft als Erstes: Moment mal, was heißt hier schwer? Du bist nicht der Einzige, der es möglicherweise schwer hat. Ein Bekannter hatte mir mal gesagt, es sei gut, dass ich keine Kinder bekommen hatte. Ich wäre eine strenge Mutter gewesen, die ihre Kinder ständig ermahnt hätte: »Reiß dich zusammen, ich musste da auch durch.« Solche Frauen waren keine guten Mütter, sagte er. Seine sei auch so gewesen.

»Alles ist schwer. Alles ist teuer«, sagte Sakaaq. »Aber ich bin stolz, eine Inuk zu sein. Mein Land ist wunderschön. Nur mein Sohn …« Sie seufzte und wischte sich eine Träne aus dem Augenwinkel.

Das Leben genommen. Im Meer. Seine Leiche nie gefunden.

Die Passagiere schwiegen. Keiner machte einen Mucks. Die Expeditionsleiter standen ebenfalls stumm in ihrer Ecke.

War das echt? War das Maskerade? War das ein Theaterstück? Es konnte nicht echt sein. Niemand, dem das tatsächlich widerfahren war, würde sich so benehmen. Oder war das dieser Closure-Quatsch, dieser Irrglaube, dass etwas Trauriges verschwand, wenn man es aufschrieb oder sich von der Seele redete, wo doch jeder wusste, dass Wiederholungen nur dafür sorgten, dass man etwas nicht vergaß? Warum rief niemand: »Halt, das reicht jetzt! Das geht uns nichts an!«?

Ich hatte das Angestarrtwerden gehasst. Auf der Beerdigung meines Vates konnte ich nicht weinen. Nicht in den Tagen davor, nicht im Klammergriff meiner Mutter, meiner Tanten, nicht in der Kapelle vor seinem Sarg und nicht in den Tagen danach, beim Einkaufen, beim Durchs-Dorf-Gehen oder nachts. Es ging nicht. Ich wusste, dass es auffiel. Je länger ich mich beim Nichtweinen beobachtete, umso mehr hatte ich das Gefühl, die anderen warteten ebenfalls darauf. Selbst der Fahrer unseres Schulbusses schien jeden Morgen nach Tränen in meinem Teenagergesicht zu suchen. Denn es gab sie, diese stumme Übereinkunft, wie man sich zu fühlen hatte, wenn einem *etwas* widerfuhr. Wenn *etwas* geschah, hatte man sich so zu verhalten wie alle, angemessen, normal. Als würde es irgendwas helfen. Erst Wochen später, auf dem Nachhauseweg von der Schule, sah ich auf der Straße eine überfahrene Katze, sackte zusammen und saß heulend am Bordstein. »Ach, da fühltse dann doch was«, rief unser Nachbar, was mir in dem Moment egal war, aber lange in mir nachklang.

Dreißig Kilo hatte sie schon abgenommen, sagte Sakaaq. Ich zuckte zusammen. Jeden Abend ging sie am Meer spazieren und sprach mit ihm. Die Eisbären kamen nicht. Die Wölfe kamen nicht. Die Tiere ließen sie in Ruhe. Ihm zu Ehren wollte sie nun *Amazing Grace* singen. Sie drehte sich um und gab dem Barmann ein Zeichen. Der drückte auf *Play*. Ich brauchte einen Wein.

In dieser Nacht lag ich wach auf dem Bett. Das Schiff bubberte. Ich schaltete den Kanal mit der Heckkamera ein und sah auf dem Bildschirm das schäumende Wasser, das wir hinter uns ließen. Der nächste Ort war Hunderte von Kilometern entfernt, es gab keine Straßen, kein Haus, kein Handynetz, nichts. Nur Steine und Wasser und Dunkelheit und den Wind, der hier durchfegte, und die Tiere, die sich versteckten und so taten, als wären sie ein Fleck. Ich träumte, ich saß vor dem Panoramafenster, und nacheinander zogen Tiere und Menschen vorbei. Und ich, ich musste sie malen, ich zeichnete die Wölfe, die Eisbären, Karen Peng, Herrn Mücke, Larsen, Sakaaq. Ich sah Eisschollen, auf denen Leute saßen und winkten, und ich malte auch sie, und wenn ich einen fertig hatte, kam ein anderer, sodass es immer voller wurde auf meinem Bild. Am Ende hatte ich ein Wimmelbild gemalt, eins von diesen schrecklichen Wimmelbildern voller quasselnder Menschen, und mein Vater saß neben mir und sagte: »Für uns ist dann ja wohl kein Platz mehr.«

Nichts

Beechey Island, Nunavut

Die Schneise, die wir im matten Eiswasser zurückließen, war flach und krisselig, das Wasser schimmerte türkis. Wellen schwappten wie Wartende gegen unseren Bug. Die Sicht endete an einem milchigen Streifen Nebel. Hier war Franklin auf das erste Packeis getroffen und hatte 1846 sein erstes Winterlager aufgeschlagen.

Plötzlich ragte etwas Dunkles vor uns auf. Beechey Island – wie ein gewaltiger schwarzer Wal, der sich im Nebel verborgen hatte, wie das Geisterschloss von Dracula, wie ein Stein, der nicht gefunden werden wollte.

Eine unheimliche Ruhe lag über den Hügeln. Ich ging über den Mond. Über staubgraue Steine, scharf wie Glasscherben, gebrochen und geborsten von Kälte und Eis. Es knirschte bei jedem Schritt. Ich hörte mich atmen, sonst nichts.

Ich hatte mal ein Buch über die Stille gelesen. Ob es der Komponist John Cage war oder der Philosoph Blaise Pascal oder irgendwelche Physiker, sie waren sich alle einig, dass es außerhalb des Vakuums so etwas wie die vollkommene Stille nicht geben konnte, denn solange man lebte, hörte man immer sein Herz schlagen, den Blutkreislauf, dieses Wubbern in den Ohren, das man vernahm, wenn man tauchte. Deswegen hatten Menschen auch so eine Angst vor dem Nichts.

Tiefe Furchen durchzogen das Gelände. Vor Milliarden Jahren war das hier ein Korallenriff gewesen, jetzt war es eine weite graue Fläche aus rasiermesserscharfem Geröll, Dolomit und Kalkstein.

Auf dem ersten Foto, das es heil aus der Arktis geschafft hatte, saß ein Offizier auf einem Felsen und schaute nach links. Wohin? War da eine Bucht? Ankerten dort Schiffe? Stand da ein Mensch? Oder sah er wie ich eine Welt, der alles fehlte? Kein Baum, um ein Boot zu bauen, kein Feuerholz, kein Schutz vor Regen, Eis, Schnee.

Ich suchte mir einen großen Brocken, setzte mich und sah in die Bucht hinab auf fünf Gräber. Ein violetter Fleck saß daneben. Sakaaq hatte sich dort postiert, als wollte sie Eintritt nehmen. Eine Reklametafel für die Trauer, den Verlust und violette, gefütterte Eskimomäntel.

Sie war heute Morgen ins Boot gestiegen wie eine Königin. Man habe ihr keine Handschuhe gegeben, die blauen wollte sie haben, warum nur hatte sie keine Handschuhe bekommen? Und ich dachte, wieso wusste sie, welche Farbe die Handschuhe haben würden, die »man« ihr geben sollte? Sie ließ sich Zeit, drehte sich noch mal um, alle warteten, sie zögerte. Sie schwankte beim Gehen hin und her wie ein lila Pinguin, wie ein Ball auf zu kurzen Beinen, wankte umständlich die Treppe hinunter, begrüßte die Tenderbootfahrer, ohne sie zu kennen, machte Witze, wie um zu demonstrieren: Ich bin hier mit jedem bekannt, ich gehöre hierher, und als man sie ins Boot hievte und es losfuhr, rief sie »nach Hause«, obwohl sie gestern Abend noch nicht gewusst hatte, wo Beechey Island überhaupt lag.

Ich hatte sie gefragt, ob Inuit mit diesem Ort etwas verbanden.

Das müsse ein Schamane erzählen, hatte sie erwidert und geheimnisvoll gelächelt. Die wussten alles. Sie hatten auch die ganze Zeit gewusst, wo Franklins Schiffe waren. Und sie hatten Kenntnis von zwei bisher unentdeckten Gräbern der Franklin-Expedition. Sie könne mir jemanden vermitteln, der mir die Gräber zeigte, wenn wir in ein paar Tagen in Cambridge Bay anlegten.

Falls wir da anlegten, gab ich zu bedenken.

Wenn sie mit an Bord war, würden wir durchkommen, sagte sie bestimmt.

Nach und nach kamen immer mehr Passagiere an Land, und der einsame Hang mit seinen gebrochenen Steinen war bald ebenso von orangen Blattläusen befallen wie die Gespenstersiedlung in Grönland. Gab es etwas Bejammernswerteres, als sich vorzustellen, wie Schnee auf die Gräber fiel, wie die Toten monatelang im Dunkeln lagen, Jahr um Jahr? In der Stille? Unter den Stürmen, den Wolken, dem Regen? Ja. Noch schlimmer war es, sich vorzustellen, wie hier Jahr für Jahr Kreuzfahrttouristen herumlatschten, Hunderte, Tausende, immer wieder neue. Sie trugen orange Jacken, blaue Jacken, rote Jacken. Sie trampelten über die Gräber, fotografierten die Grabmale aus Holz, die erneuert worden waren, als die echten ins Museum kamen.

William Brain, 32, Soldat auf der *Erebus*.

John Hartnell, 25, Matrose auf der *Erebus*.

John Torrington, 20, Heizer auf der *Erebus*.

Thomas Morgan, Seemann, Mitglied einer Suchexpedition.

Joseph-René Bellot, ebenfalls Mitglied einer Suchexpedition, ein Scheingrab, er war über Bord gefallen, seine Leiche war nie gefunden worden.

Gegen Abend ließ sich Larsen an Land bringen. Er trug einen dunklen Mantel, ging leicht vornübergebeugt und mied jeden Blickkontakt. Er ging zu den Gräbern, blieb an jedem eine Weile stehen, schaute zu Boden, sagte nichts, sprach mit niemandem. Einige Passagiere holten ihre Handys heraus und fotografierten ihn dabei.

Eis 2

Lancastersund

Ein Ächzen und Rumsen war zu hören. Das Schiff erzitterte. Eiskalter Wind pfiff mir um die Ohren. Die Luft stach mit hauchfeinen Nadeln in die Poren meiner Haut.

Heute früh bereits hatte die Sonne gesagt: Mehr schaffe ich nicht. Das ist alles, was ich kann, ich behalte das Licht an, ich helle die Kälte auf, aber ihr werdet mich nicht mehr direkt sehen, keine Strahlen aus Gold, kein blauer Himmel, das ist vorbei, das habt ihr hinter euch gelassen, das ist etwas für Kinderbücher und die Leute daheim, sofern ihr noch an sie denkt. Wärmer wird es nicht mehr.

Vielleicht waren meine Gedanken auch nur das Echo von heute Morgen, von der Ödnis, der Leere, dem Hass der Steine auf die Menschen und auf alles, was lebte. Ich stand am Bug. Der Himmel hatte entschieden, uns nur noch nach vorne sehen zu lassen, und auch da nicht mehr besonders weit. Er war weiß, er drückte von oben, von den Seiten. Der Nebel kam immer näher. Der Wind biss und zerrte, rauschte und brauste. Das Wasser hatte kaum noch eine Farbe. Man sah nichts, und doch sah man alles.

Oben auf der Brücke waren alle an den Instrumenten, ich sah den blauen Pulli von Larsen, seinen Kopf, der Offizier neben ihm starrte ebenfalls geradeaus. Jederzeit konnte etwas aus der Milchsuppe auftauchen und uns entgegenkommen. Ohne den Blick auf das Wasser direkt um uns herum hätte man nicht gewusst, wie schnell oder ob man fuhr.

Aber jetzt bremsten wir, oder liefen wir auf etwas auf? Ich hielt mich an der Reling fest. Doch, wir bremsten. Nein. Wir drehten um. Die *MS Svalbard* bubberte und zitterte, als liefe es ihr kalt den Rücken hinab.

Alle, die noch an Deck waren, sahen einander an, schauten hoch zur Brücke, versuchten, sich bei dem Getose zu unterhalten.

»Dreht der um?«, brüllte jemand. »Der kann doch nicht umdrehen!«

»Doch, wir drehen um«, rief ein anderer.

»Das Eis ist zu dick!«

»Was?«

»Das Eis.«

»Was ist mit dem Eis?«

»Es ist zu dick.«

»Ach so.«

Der Wind drückte uns in die Ecken, wollte uns von Bord pusten. Er schrie: Ihr wolltet doch ins Eis, jetzt bleibt mal schön hier. Er sang, heulte und jammerte wie eine alte Frau, die mal Opernsängerin gewesen war und nun ganz langsam richtig wütend wurde.

Zwischen Rezeption und Bistro sammelten sich die Leute

und diskutierten. Der Restaurantmanager und verschiedene Expeditionsleiter bildeten die Mitte kleiner Menschentrauben und sprachen Englisch, Deutsch, Französisch mit den aufgebrachten Passagieren.

Ja, wir müssen drehen. Ja, wir haben einen Plan. Doch, die Reise geht weiter. Nein, wir haben keinen Eisbrecher bekommen. Nein, sie sind nicht verpflichtet, uns zu helfen, es sind Eisbrecher der kanadischen Regierung, und der, der zu uns unterwegs war, wurde zu einem medizinischen Notfall gerufen. Ja, wir könnten warten, aber der Kapitän hat entschieden, dass es zu gefährlich wäre. Ja, es gibt später eine Ansage. Ja, auch auf Deutsch.

Zwei Herren saßen an einem Bistrotisch und berieten sich. Der eine war Anwalt, kam aus dem Rheinland und hatte ein rundes, gebräuntes Gesicht. Der andere war Chefarzt aus Augsburg, hatte einen dicken Hals, trug eine eckige, randlose Brille und kniff seine Oberlippe ein, als er zuhörte. »Das ist eine ganz einfache Sache«, sagte der Anwalt. »Du bekommst dein Geld zurück. Da musst du dir auch keine Gedanken machen, da sind die gegen versichert, das zahlen die doch aus der Portokasse.«

Ein anderer Herr mischte sich ein: »Ich sage Ihnen, der Kapitän kann nix. Da wäre man durchgekommen. In der Antarktis, da waren Petra und ich vor zwei Jahren, da ging das doch auch.«

»Ist dir aufgefallen, wie wenig Tiere wir bisher gesehen haben? Das ist auch nicht normal«, sagte seine Frau. »Der Kapitän ist auch nie mal beim Essen gewesen oder hat uns ›Guten Tag‹ gesagt. Dabei haben wir eine Suite gebucht!«

»Also, wir brechen ab, und zu Hause schreibe ich denen«, sagte der Anwalt. »Wenn du willst, übernehme ich dein Mandat. Aber wir brechen in jedem Fall die Reise ab. Was soll ich denn in Labrador? Wir fliegen von Ponton, oder wie das heißt, nach Hause. Und dann machen wir uns noch ein paar schöne Tage in Garmisch.«

An anderen Tischen hörte ich ähnliche Gespräche. Ein britischer Anwalt sammelte Unterschriften. Die Expeditionsleiter taten mir leid. Sie versuchten, die Passagiere zu beruhigen. Heute Abend würde es den Alkohol umsonst geben, hatte der Restaurantmanager vorhin verkündet. Doch der Unmut griff um sich wie eine der gefürchteten Erkältungen an Bord.

Ich suchte nach einer Ecke, in der niemand schimpfte. Ich hatte noch gar keine Ruhe gehabt, mich zu fragen, ob es mir auch etwas ausmachte, dass wir nun wieder zurückfuhren. Beechey Island klang immer noch in mir nach. Die leeren Hügel, die Stille, das Nichts. Wenn ich mich jetzt umsah, kam es mir vor, als wäre ich im falschen Film gelandet. Das Schiff schwankte, die Leute wurden immer wütender und merkten nicht, dass auch die See anfing zu toben. Ihre Reaktion war absurd.

Wenn irgendetwas nicht so lief wie erwartet, fingen Menschen das Quantifizieren an. Das hatte noch nicht mal was mit Deutschsein zu tun. Engländer machten das genauso wie Holländer und Franzosen. Ich habe 10 Gramm Mett bestellt, und jetzt will ich exakt 10 Gramm und nicht 9,5! Sie zählten die Quadratmeter ihrer Kabine, die Menge an Klopsen auf dem Buffet, die Häufigkeit, mit der der Kapitän sie begrüßte. Sie verglichen die Minuten, die sie im Tenderboot verbrachten, prüften die Reihenfolge, in der an den Tischen die Vorspeise serviert wurde, zählten die Ringe an ihrer Hand. Sie besaßen ein Lineal fürs Glück.

Vor dem einzigen freien Alkoven saß der dünne Mann, den ich im Bistro mit seinem Notizbuch gesehen hatte. Er schaute hoch, lächelte mir zu und nickte, als habe er meine lautlose Bitte verstanden, ja klar, kannst dich hinsetzen, mich kotzen die anderen auch an. Er hatte strahlend blaue Augen und ein hageres Gesicht, wie jemand, der zu wenig aß. Er war eine ganz und gar dezente Person.

Ich schaute aus dem Fenster auf das wogende Meer. Bei dem ganzen Gemecker würden die Leute vergessen, seekrank zu werden. Dunkelgraue Wolkenbänke zogen an uns vorbei, bald würde der Wind sie zerdrücken, es würde regnen und noch mehr schaukeln. Wir hatten jetzt schon Beaufort 10, der Wind blies mit 25 Metern pro Sekunde. Die Wellen hatten Zacken wie Schieferschindeln, weiße Flächen erschienen und verschwanden in einem irren Tempo, dünne Schaumwände wurden vom Wind hinfortgepeitscht, und neben dem Schiffsrumpf war ein Gebrodel, als würde die See kochen.

Südwärts

Baffin Island, Nunavut

Pond Inlet – eine Siedlung ohne Bäume, ohne Gärten, ohne Grün. Da war eine Inuk, die an einem Lagerfeuer Tee kochte. Da war selbst gemachtes Bannock in Plastiktüten. Da lag ein rosa Fahrrad in einer Böschung an einem Kanal. Da stand ein Straßenschild mit dem Namen Kuukuluk. Da trieb trübes, braunes, von Sedimenten durchsetztes Wasser in der Bucht vor dem türkisfarbenen Eismeer. Da hing eine Narwalattrappe an der Decke des Besucherzentrums. Da war ein Mädchen ohne Vorderzähne, das um Geld bat. Da schalt eine Frau ihren Mann, weil er seine Stiefel nicht rasch genug auszog. Da war ein Himmel voller Grau, das nur zögerlich einem hellen, eisklaren Himmelblau wich. Da waren Straßen aus Staub und Steinen. Da saß eine Zwergin mit atemberaubend schönem Gesicht auf einem Golfbuggy, sie hatte sich verletzt und trug eine Knöchelschiene. Da waren Felsen, die im Sonnenlicht kupfergolden strahlten. Da war ein Haus aus Torf und Gras und Holz und Fellen.

Da führten Männer in orangen Jacken Passagiere in orangen Jacken durch den Ort. Da stand eine alte Inuitdame auf einer Veranda und rauchte. Da schliefen junge Schlittenhunde hinter einem Zaun. Da lag ein Containerschiff in der Bucht. Da tanzten Inuit, und der Trommler rief: »Wir sind so glücklich. Wir haben so viel zu teilen. Wir haben so viel zu erzählen.« Da fuhr eine Inuitfrau mit einem Baby auf einem Boot. Da spuckte ein junges Mädchen mit langen Zöpfen unaufhörlich auf den Boden. Da ermahnte ein Ozeanograf jemanden, auf den Rest der Gruppe zu warten. Da lief eine Meteorologin einem älteren Herrn hinterher, um ihn davon abzuhalten, in ein Haus hineinzufotografieren. Da blätterte blaue Farbe von den Holzwänden der Häuser, da verblassten Malereien nach zu vielen Wintern Schnee. Da war ein Knochen, mehrere Meter lang, der Kiefer eines Buckelwals. Da waren Eisbärenzähne, so lang wie mein Daumen, dunkelbraun und spitz, die man als Anhänger kaufen konnte. Da lag eine kopflose Puppe neben einem Container im Dreck. Da hing Staub in der Luft. Da hörte ein angeleinter Schlittenhund nicht auf zu kläffen. Da waren zwei Schlitten aus Holz. Eine Kirche. Eine Satellitenschüssel so groß wie ein Haus. Da fuhren vierundzwanzig Menschen in orangen Jacken mit ihren Koffern zum staubigen Rollfeld und bestiegen ein Flugzeug.

Die Wellen hatten runde Spitzen und stoben emsig vom Bug weg, es gab keine Schaumkronen oder nur sehr selten eine in der Nähe unseres Rumpfes. Die Küste von Baffin Island schimmerte in rostrot-braunen Moos- und Flechtentönen. In schönster Ruhe fuhr die MS *Svalbard* südwärts. Vierundzwanzig Passagiere waren heute Vormittag in Pond Inlet von Bord gegangen, auch Sakaaq hatte sich verabschiedet.

Ich hatte das Gefühl, jetzt erst begann die Reise, jetzt geschahen Dinge, die nicht geplant waren, die nicht bedacht, besprochen oder geregelt worden waren. Wir würden die Küste von Baffin Island hinunterfahren, Richtung Labrador, auf den Spuren irgendwelcher Wikinger. Wir würden Bäume sehen, den borealen Nadelwald, Blumen und – mit Unbehagen dachte ich daran – Dörfer, Häuser, Autos, am Ende sogar eine Stadt: St. John's. Momentan steuerten wir auf Labrador zu, an dessen oberer Spitze der Saglek-Fjord lag, dessen Steine zu den ältesten der Welt gehörten, sehr zu Herrn Mückes Freude.

Lewis

Saglek-Fjord, Labrador

Ich saß in einem Plastikstuhl auf dem Oberdeck und hielt mein Gesicht in die Sonne. Wir fuhren schon seit Stunden durch den Fjord. Rechts und links von uns ragten mächtige Steinformationen empor. Die Geologin hatte gestern erklärt, dass es dort keine Fossilien gab, weil die Steine älter waren als alles Leben auf der Welt.

Die MS *Svalbard* fuhr so langsam, dass man die Bewegung nur wahrnahm, wenn man die Augen eine Weile schloss und dann die aktuelle Felswand mit der Felswand von eben verglich. Es gab hier weder eine Straße noch eine Siedlung. Die Berge galten als Tor ins Jenseits, wenn man den Inuit glaubte. Die Angakok, also die Schamanen, verließen hier ihre Körper und flogen in die Geisterwelt, um mit den Geistern zu sprechen. Bären, die, so wie ich das verstanden hatte, in der Geisterwelt für die wichtigen Dinge zuständig waren, halfen ihnen dabei.

Am Bug richteten die Passagiere ihre Teleobjektive im Wert

gebrauchter Kleinwagen auf die Felsen, die Büsche, die Wolken, das Wasser. Sie suchten Wale, Bären, Adler. Viele schon seit Stunden.

Heute früh hatte der Fotograf meine Nikon untersucht, und seinem Brustkorb war ein spöttisches Husten entflohen.

»Du musst die Belichtungszeit korrigieren«, sagte er.

Ich hatte keine Lust, ihm zu erklären, dass ich Unschärfen mochte.

»Ich muss wohl noch viel lernen?«, fragte ich.

»Eine Menge«, grinste er.

Der Ornithologe neben ihm schmunzelte. Um seinen Hals baumelte eine Canon mit einem oberschenkelknochenlangen Objektiv, das in einen tarngrünen Überzug eingewickelt war.

Ich solle fotografieren lernen, dann könnte ich meine Bilder verkaufen, sagte der Fotograf. Ich könne ja in seinen Kurs kommen. Der begann heute Nachmittag, kostete nur vierhundert Euro.

Er drehte sich weg und fachsimpelte mit dem Ornithologen über die beste Einstellung für Weißkopfseeadler.

Es gab diese seltenen Momente, in denen ich mir einen Kerl an meine Seite wünschte. So einen Pumper mit Gorillabrust, der nur mal grunzen müsste, und Typen wie die zwei Angeber da würden sich gegenseitig überschlagen, nur um möglichst nett zu mir zu sein.

Ab und zu flogen schwarz-weiße Vögel durch die Luft. Auf dem Kamm eines Hügels sah ich eine weiße, oktaedrische Kugel und hob mein Fernglas.

»Das ist ein ehemaliger Posten der Pine Tree Line«, sagte die rothaarige Österreicherin, die sich an die Reling gestellt hatte. »Das ist eine Radarabwehrkette, einmal um die Polkappe, von hier bis hinter Alaska. Wegen Iwan.«

Ich schaute hoch, sah in der grellen Sonne nur ihren Umriss.

Im Falle eines Krieges hätte Iwan seine Raketen über die Polkappen geschossen, sagte sie. Sie kenne sich da aus, sei ja beruflich viel herumgekommen.

Aha, sagte ich und tat ihr nicht den Gefallen, sie zu fragen, wo sie denn herumgekommen war.

Wie ich denn diese Krückenfahrt fand? Doch nicht etwa gut? Also, sie waren enttäuscht. Für das Geld! Wenn die einem wenigstens jetzt etwas bieten würden. Expeditionskreuzfahrt könne man das ja wohl kaum noch nennen. Das Einzige, was man hier entdeckte, war der Forellenkaviar am kalten Buffet. Sie lachte und entblößte eine Reihe kleiner Zähne.

Ich zuckte mit den Schultern und zwang mich, gleichgültig auf die Steinwand zu schauen. Es gab Menschen, die wollten etwas loswerden, weil es sie beschwerte. Wenn man denen zuhörte, nahm das kein Ende. Und wenn sie gingen, war die Welt ein bisschen schwerer geworden. Man selbst eingeschlossen. Glücklicherweise entdeckte uns ihre Freundin, und die beiden verzogen sich an den Bug.

Ich schaute durch die Reling aufs Wasser. Ein Büschel Seegras, in dem alte Seile hingen, schoss am Schiff vorbei. Wir schoben uns offenbar gegen eine starke Strömung in den Fjord hinein. Wo kamen diese Seile her? Hier lebte doch niemand. Vielleicht stammten sie aus einem Gletscher, so wie Ötzi.

Ich schaute wieder in die Felsen. Sie waren schraffiert, schwarz, anthrazit, dunkelrot, grün, grau, weiß, marmoriert. Manche Steine schimmerten in Rosa oder Hellgrün, andere waren blass, braun, mattgrau. Es gab Geröll. Und wieder Felsen. Manchmal wuchs etwas Grün, doch über dünne Bäumchen oder niedrige Büsche kam die Natur hier nicht hinaus. Dennoch faszinierte mich diese Flora. Jedes bisschen Grün, das wir sahen, alles, was höher wuchs als eine Flechte, erschien mir seltsam liebenswert. Ich konnte mich gar nicht sattsehen. Die silberne Ader eines Wasserfalls durchtrennte das nächste Felsmassiv, darunter lagen dunkelbraun und leuchtend grün bemooste Felsen. An manchen Stellen nahm das tiefblauschwarze Wasser des Fjords schon wieder diese türkise Farbe an, als käme ein kleiner Teil der Karibik durch einen winzigen Riss in der Wirklichkeit zu uns.

Ich hörte die Geologin einer Gruppe Passagiere erklären: »Schauen Sie mal, hier haben die Gletscher ganze Arbeit geleistet. V-förmige Täler sind durch Wasser und u-förmige durch Eismassen entstanden. Und da hinten, die braunen Schuttberge, das ist die sogenannte Frostschutzzone«, sagte sie.

Meine Lippen waren trocken. Der Wind rauschte, pfiff, brauste, sang. Wolken warfen riesenhafte Schatten auf den Fels. Dunkel. Licht. Dunkel. Licht. Über uns zogen Wolkentürme hinweg, gigantische Wischflächen, außen hellweiß, innen schwarz-grau. Je länger ich schaute, umso mehr schrumpften wir. Bisher war die MS *Svalbard* ein ziemlich großes Schiff gewesen. Doch hier in diesem Fjord wurde einem klar, wie unbedeutend und überflüssig wir waren. Diese Berge waren schon hier gewesen, als unsere Zellvorfahren noch als Amöben im Wasser schwammen und noch nicht mal im Traum daran dachten, sich zu Zweizellern zusammenzutun, eine Lunge zu entwickeln oder Flossen oder Beine oder so einen Schwachsinn wie Prius-Automobile. Diese Felsen waren schon uralt gewesen, als die Evolution begann, sich zu überlegen, überhaupt Evolution zu sein. Und jede Woche sahen diese Steine nun ein neues Kreuzfahrtschiff, so wie unseres, das mit wohlhabenden Rentnern und schuftenden Filipinos im Bauch hier entlangtuckerte.

Am späten Nachmittag stellten sich die Passagiere vor dem Tresen an. Dahinter werkelte der Koch, seine Assistentin hielt ihm je einen Pappteller mit einer Scheibe Knäckebrot hin, er gab ein Salatblatt und einen Klacks Soße aus einer Tupperdose dazu, und obendrauf legte er einen roten Streifen.

»Was ist das?«, fragte ich.

»Das gebrochene Herz eines Karibus«, sagte er.

»Das gebrochene Herz?«

»Nein, das ge-trock-ne-te Herz. Schmeckt gut. Probieren Sie mal.«

Ich betrachtete den Streifen, der aussah wie ein Stück rotbraune Baumrinde, kehrte mit meinem Pappteller zurück zu meinem Plastikstuhl und setzte mich. Gerade als ich mich zum Probieren überwinden wollte, flog mir ein anderer Pappteller in den Schoß, samt Knäckebrot, Salat, Soße und Herz. Vor Schreck ließ ich meinen fallen.

Der dünne Mann hörte gar nicht auf, um Entschuldigung zu bitten. Es war der Mann aus dem Bistro. Von Nahem sah ich, dass seine Augen wirklich ziemlich blau waren und dass er schlechte Zähne hatte. Seine Wangenknochen standen hervor, seine Nase war relativ groß, aber er hatte ein feines Gesicht, ein Gesicht, das bestimmt oft lächelte.

»Ich hole Ihnen sofort einen neuen Teller«, sagte er.

»Um ehrlich zu sein, wollte ich das gar nicht essen«, gab ich zu.

Wir stellten uns vor. Er hieß Lewis.

Ich fragte, was er tat, wenn er nicht gerade fremden Frauen sein Herz in den Schoß warf.

Lewis lachte. Er war Journalist und recherchierte für ein Buch über die Arktis.

Bevor ich fragen konnte, ob er sich setzen wollte, unterbrach uns eine Durchsage: Schwarzbärin auf ein Uhr, vorne am Bug. Die Passagiere legten ihre getrockneten Herzen weg und liefen nach vorn. Ich überlegte, mitzulaufen, aber es drängelten sich bereits zu viele orange Jacken an der Reling. Ich stand auf und schaute durch mein Fernglas.

»Sehen Sie was?«, fragte Lewis, der ebenfalls durch sein Fernglas sah.

»Nee. Sie?«

»Ja. Da oben«, sagte er.

»Wo?«

»Sehen Sie den dicken gelben Busch? Von dem aus nach rechts eine Gerade ziehen, dann einen Daumenbreit darunter, zwischen den Felsen, da ist ein brauner Fleck.«

»Nein.«

»Doch.«

»Nein. Moment. Doch.«

»Das ist der Bär.«

»Nicht wahr.«

»Doch.«

»Der ist aber klein.«

»Wollen Sie mal meins?«

Ich nahm sein Fernglas und sah gerade noch einen braunschwarzen Bärenhintern hinter der Bergkuppe verschwinden.

Ich musste an ein Lied denken, das ich aus dem Englischunterricht in der Schule kannte. *The bear went over the mountain, the bear went over the mountain, the bear went over the mou-houn-tain – and what do you think he saw?* Dann war es zu spät, der Ohrwurm hatte sich festgesetzt. *And what do you think he saw? And what do you think he saw? He saw ano-ho-ther mountain, he saw ano-ho-ther mountain. He saw ano-ho-ther mou-houn-tain – and what do you think he did?*

The bear went over the mountain, the bear went over the mountain, the …

»Kennen Sie das Lied *The bear went over the mountain*?«

»Das Buch.«

»Nein, das Lied.«

»Ist das auch ein Lied?«

Lewis erzählte von dem Roman, in dem es um einen frustrierten Literaturprofessor ging, der sich in die Wildnis zurückzog, um Sex mit frustrierten Frauen zu haben und darüber einen Bestseller zu schreiben, und der sich daraufhin in einen Bären verwandelte. Manchmal dachte er auch daran. Also nicht an Sex mit frustrierten Frauen, sondern daran, sich in ein Tier zu verwandeln, das in Ruhe gelassen wurde. Bären waren wahre Meister im Alleingang. *The road less travelled*, ob ich das Gedicht kannte, obwohl, es war ja kein Gedicht, es war nur eine Zeile aus einem Gedicht. So musste man reisen. Er war überhaupt nicht traurig, dass wir umgekehrt waren. Es fuhren ohnehin schon zu viele Schiffe durch den Lancastersund. 30 Millionen Krabbentaucher zogen pro Jahr da durch. Robben lebten dort, Walrosse, die Klippen waren Nistplatz für drei Millionen Seevögel, und drei Viertel der weltweit noch lebenden Narwale waren dort zu Hause.

»Davon hat man gar nichts gesehen«, erwiderte ich.

»Falsche Jahreszeit. Zu viel Verkehr. Die Ölfirmen sind scharf auf die Ressourcen. Das wird bald noch voller, da oben.«

Lewis stammte aus Dublin und hatte als junger Mann bei der *Times* als Reporter angefangen. Er war Korrespondent in Beirut gewesen, im Kosovo, im Irak. Irgendwann war ihm die Lust auf Krisengebiete vergangen, sagte er. Er hatte in Südfrankreich in den Armen einer schönen Frau gelegen und konnte nicht entspannen, weil er an seinen nächsten Posten denken musste.

Und die Frau konnte nicht entspannen, weil sie daran dachte, dass er an seinen Posten dachte.

»Was ist passiert?«, fragte ich.

»Wir haben uns getrennt.«

»Warum das denn?«, rief ich.

Er drehte den Kopf mit einer langsamen Bewegung, die aus seinem Nacken kam, es sah aus wie eine Übung aus dem Qigong, als würde der Kopf an einem Scharnier sitzen, das sich nur in Zeitlupe drehen konnte. »Sie wollte heiraten.«

Neben uns schoben sich die zerklüfteten Berge vorbei, lautlos glitt das Schiff durch den Fjord. Die Passagiere fotografierten.

Was denn mit mir sei, fragte Lewis. Weswegen saß ich zu unchristlichen Zeiten frühmorgens im Bistro und sah aus dem Fenster?

Ich erwiderte, dass ich die Ruhe mochte. Dann informierte uns eine Durchsage, dass es Zeit zum Abendessen war.

»Schon wieder Essen«, seufzte ich und erzählte ihm von Karen Peng.

Er lachte. Das war ja fast so wie an seinem Tisch. Er saß mit einem Schotten, einem Waliser und einem Engländer zusammen. Der Waliser hatte für den Brexit gestimmt und wollte dauernd über das Europaparlament und die Ausländer sprechen. Ständig sagte er, »ich meine ja nur«, »ich denke ja nur«, »ich sage ja nur«. Der Schotte war möglicherweise ein bisschen plemplem, er trug jeden Tag dieselbe kurze Hose und behauptete, er würde nicht frieren. Der Engländer schaufelte Berge von Essen in sich hinein, er kaute mit offenem Mund, sein Bauch brachte beinahe das Hemd zum Platzen. Er bestellte von jedem Gang eine zweite, manchmal sogar eine dritte Portion nach.

»Warum haben sie mich an diesen Tisch gesetzt?«, fragte

Lewis. »Weil ich aus Dublin komme, weil sie denken, die Männer, die sprechen Englisch, die müssten sich verstehen, wo doch eine gemeinsame Sprache der allerletzte Grund ist, einander zu verstehen!«

Dann erklang der Gong zum zweiten Mal.

Etwas später saß ich an »meinem« Tisch und sah aus dem Fenster. Der Wind raste in Miniwirbelstürmchen irr über das Wasser, zupfte Baiserhäubchen auf die Wellen. Die Kellner räumten die Vorspeise ab. Gestern war ein Dissident in einem chinesischen Gefängnis gestorben, der war aber gar kein richtiger Dissident gewesen, sagte Karen. Nur falls es mich interessiere, sie habe nämlich Internet.

Die Deutschen sprachen darüber, was sie für diese Reise bezahlt hatten. Mutter und Tochter waren mit einem Angebot hier: zwei für den Preis von einem.

»Was haben Sie denn bezahlt?«, wollten sie von mir wissen.

Ich wollte erst wahrheitsgetreu antworten, dann dachte ich, das geht euch gar nichts an.

Ich hatte eine Kollegin, die konnte fabelhaft Fragen vernichten. Wenn sie nicht antworten wollte, tat sie so, als hätte sie die Frage nicht gehört. Selbst wenn das Gegenüber irgendwann insistierte, ließ sie sich nicht aus der Ruhe bringen. Sie schaute hoch, leicht amüsiert, irritiert, lächelte und erwiderte irgendwas, das nichts mit dem Thema zu tun hatte. Manche hielten sie für etwas dumm. Ich fand ihre Dickfelligkeit hinreißend. Ich tat auch so, als hätte ich die Frage nicht gehört, lächelte Karen Peng an, die gar nicht wusste, wie ihr geschah.

Elfen

Hopedale, Labrador

»Hey, Taylor, lass die Touristen in Ruhe«, rief die junge Frau im T-Shirt. Mit einer gekonnten Vollbremsung brachte der Junge sein Rad zum Stehen. Er beobachtete, wie Passagiere die Felsen emportorkelten und ihre Schwimmwesten ablegten.

Der Himmel war bedeckt, es war kalt, etwa sieben Grad, und es nieselte. Die Frau, die eben gerufen hatte, war ungefähr Mitte zwanzig und zitterte am ganzen Körper, was daran lag, dass sie außer dem langen rosa T-Shirt lediglich Leggings und Flipflops trug. Sie hatte kurze, rosa gefärbte Haare, die wuschelig vom Kopf abstanden. Wie bei manchen sehr molligen Menschen besaßen ihre Gesichtszüge nicht viel Spielraum außer für heiter, empört, baff und traurig. Von den kurz geschnittenen Fingernägeln blätterte roter Lack. In der einen Hand hielt sie einen Schlüsselbund und eine Dose Cola, aus der sie gelegentlich trank. Der Junge stand noch immer am Ende des Bootsanlegers und schaute in die Bucht, wo die *MS Svalbard* ankerte.

»Taylor ist ein Pflegekind«, sagte sie zu mir. »Wir haben hier vierzig aus den anderen Gemeinden. Taylor wohnt bei meinen Nachbarn. Ein Elternteil war gewalttätig oder Alkoholiker oder beides. Ich weiß es nicht mehr«, sagte sie und ließ ein gewehrsalvenhaftes Lachen folgen.

Aus lauter Verlegenheit lachte ich mit.

»Insgesamt leben hier 654 Menschen. Aber nur dreißig sind älter als fünfundsechzig. Wir sind eine blühende Gemeinde. Haha.«

Um uns bildete sich eine Gruppe von Passagieren. Ich bot ihr meine Jacke an, aber sie lehnte ab. Nein, nein, das gehe schon.

»Willkommen in Hopedale! Ich heiße Louise und bin Ihre Fremdenführerin«, begrüßte sie uns.

»Wir besuchen als Erstes das Kommunalzentrum der Nunatsiavut-Regierung, das Ding da hinten, das so aussieht wie ein Ufo, haha. Dann geht es zur historischen Ausgrabungsstätte, von da zur Kirche, da gibt es auch Andenken. Sie können aber auch so herumlaufen, Sie werden sich nicht verlaufen, alle Straßen führen früher oder später zurück hierher an den Hafen.«

Wie eine Entenschar folgten wir ihr die Straße entlang. Ich war noch nie in einem Ort gewesen, aus dem keine Straße heraus- und in den keine hineingeführt hatte. An den Straßenrändern parkten SUVs, deren Lack im grellweißen Tageslicht schimmerte. Vor vielen Häusern lag Holz, Schutt, Müll. Schneemobile parkten schief zwischen Gras und Stein. Ein Husky döste in einer Hundehütte. Die Häuser wirkten seltsam erschöpft. Hier hing ein Rollladen schief. Dort fehlten Dachziegel. Selbst die Wolken hingen tief und müde über den Felsen.

Mit gesenktem Kopf marschierten die Passagiere voran. Einige fotografierten. Da, den Beton der Straße. Da, das Moos. Da, ein rotes Schneemobil, das auf einem Grashügel parkte. Mülltonnen. Überlandkabel. Dürre Bäume, ramponierte Fassaden, abblätternde Farbe und verrammelte Fenster. Unter alldem lag der graue Fels, den die Leute von hier *the Labrador* nannten.

Als wir am Hotel vorbeigingen, einem flachen roten Gebäude, sah ich hinter einem der Fenster ein Gesicht. Ich blieb stehen. Tatsächlich. Da stand ein junges Mädchen, sie trug ein weißes Handtuch wie einen Turban um den Kopf gewickelt und starrte mich an.

Ich war durch ihren Tagtraum gelatscht. Beziehungsweise hatte sie meinen beobachtet. War sie eine Inuk? Sie hatte mongolische Augen, ein breites Gesicht, war keine sechzehn. Ich hob die Hand, winkte. Ohne eine Miene zu verziehen, tat sie das Gleiche.

Eine Sekunde lang blieb die Zeit stehen und bannte die Leere, den Nieselregen, die Fensterscheibe, die Kühle in ein Bild: ein Mädchen im Fenster, in einem roten Haus, an einem eiskalten Meer, darüber ein trostloser Himmel, es lag etwas Einsames, Rätselhaftes, Unheimliches in der Luft.

Ich wollte den Moment fassen, ihn fotografieren, machte mit der Hand das entsprechende Zeichen.

Sie nickte, doch als ich meine Nikon in der Hand hielt, war sie verschwunden. Ich wollte gerade gehen, da kam sie durch die Drehtür. Eine Frau, mal eben aus dem Bilderrahmen geklettert. Das Handtuch hatte sie abgenommen. Ihr langes schwarzes Haar war nass. Sie trug ein violettes, ärmelloses Top mit Rüschen. Die anderen Passagiere gingen bereits am Meer entlang aufs Kommunalzentrum zu. Das Mädchen besaß kaum Augenbrauen, seine Haut war sehr hell, fast weiß. Als sie mir gegenüberstand, stellte ich mich vor. Am liebsten hätte ich sie gebeten, sich den Turban wieder umzubinden und zurück ins Fenster zu setzen.

Sie hieß Amooka, wohnte in Nain und besuchte hier ihren Sohn.

Wie schön, sagte ich, obwohl ich weder wusste, wo Nain war, noch, ob es schön war, dass sie ihren Sohn besuchte, denn es bedeutete vermutlich, dass er nicht bei ihr lebte. Außerdem wirkte sie selbst noch wie ein Kind.

»Er heißt Jackson. Gestern war sein erster Geburtstag. Ich fahre später wieder weg«, sagte Amooka.

»Aber ihr seht euch sicher bald wieder?«

»Erst in ein paar Monaten.«

»Oh«, sagte ich.

Da standen wir nun.

Sie sagte nichts, um sie herum war alles still, als würde sie ihrer unmittelbaren Umgebung jedes Geräusch entziehen. Ich bekam ein flaues Gefühl, dachte: Warum macht sie eine so lange Sprechpause? Worauf wartet sie? Sie war dünn, aber nicht mager, und doch kaum da. Hinterließ nur einen blassen Eindruck in der Welt. Ich sah einen kastaniengroßen blauen Fleck an ihrem Arm, möglicherweise der Daumenabdruck einer kräftigen Person.

Ich müsse los, da, die Gruppe, sagte ich.

Sie schaute in die Richtung, in die mein Arm zeigte, dabei ging ich rückwärts, winkte ihr und dachte, wie bekloppt ist das denn, jemandem zuzuwinken, dem man so nah gegenübersteht, als würde man denjenigen wegwischen wollen.

Sie winkte ebenfalls. Ich drehte mich um und rannte den anderen hinterher.

Im Kommunalzentrum liefen die Passagiere durch Tagungsräume und Flure. Ich stieg Treppen nach oben, schaute einem Eisbärenkopf ins Gesicht, lief Treppen nach unten, dann sollten wir in einem Halbkreis auf Stühlen Platz nehmen, in unserer Mitte vollführten zwei Cousins, zwei Geschwister und ihr siebzigjähriger Vater die tollkühnsten Sprünge, und ich dachte an Amooka und was sie wohl tat und warum ich weggerannt war.

Warum hatte ich ihr keinen Kaffee ausgegeben? Ein Journalist wie Lewis hätte sich mit ihr hingesetzt und mit ihr geredet. Er hätte Fragen gestellt. Er hätte sich interessiert. Ich ärgerte mich.

Als unsere Gruppe eine Stunde später wieder auf der Straße stand, nieselte es noch immer. Ich fragte die zitternde Louise erneut, ob sie meine Jacke haben wolle. Das sei wirklich nicht auszuhalten, sie schlottere ja förmlich, sie werde sich den Tod holen. Sie zog sie über, und ich schämte mich sofort, denn sie war ihr mehrere Nummern zu klein.

Louise besaß einen der vielen SUVs und steuerte das schwarze Monstrum eine halbe Stunde später über eine Anhöhe. Auf der Rückbank krakeelten zwei Kinder, die eben zugestiegen waren. Kleine rosa Gummistiefel lagen im Fußraum und ruckelten hin und her. Wir waren auf dem Weg zu ihr, ich musste auf Toilette, sie hatte ihr Haus angeboten und gefragt, ob ich auf einen Kakao mitkommen wollte.

Wir parkten vor einem himmelblauen einstöckigen Fertighaus. Es war Teil einer halbkreisförmigen Siedlung, die aussah wie eine vor Jahren verlassene Kulisse aus der *Truman Show*. Vor fast jedem Haus stand ein Schneemobil oder ein Quad. Es gab keine Zäune, keinen Rasen, keinen Garten. Je länger man hinsah, umso mehr Verfall wurde sichtbar. Es schien, als würde der Norden die Häuser anfressen und die Menschen dazu verleiten, Dinge einfach irgendwo liegen zu lassen. Kinderfahrräder rosteten in der Sonne. Das Dunkle da hinten war kein Sitzsack, sondern ein alter Lkw-Reifen. Das Haus nebenan war nicht schwarz, sondern abgebrannt.

Louise ging die Treppe hoch, schloss auf. Ich folgte ihr ins Haus und blieb nach ein paar Schritten stehen. Im Zimmer rechts von mir sah ich ein bonbonfarbenes Chaos aus Plastik, Holz, Stoff. Auf jeder freien Fläche lagen Gegenstände: Barbiepferde, Rüschenkleider, Ringe, Ketten, Bauklötze, Puppen, rosa Autos, Einhörner, Plastikblumen, glitzernde Elfenflügel, Kinderkoffer, Tüllröcke, Unterhosen. Von der Decke hingen pastellfarbene Mobiles mit Feen, Elefanten und funkelnden Sternen, die Wände waren neonpink tapeziert und beklebt mit Postern von Popstars und Wildpferden, die in den Sonnenuntergang galoppierten. Der ehemals wohl beige Teppich war übersät von Bauklötzen, Karten, kleinen Pixiebüchern, da stand ein Dreirad, da lagen Rollschuhe. In der Ecke quoll noch mehr Zeug aus einem Wandschrank. Ich starrte auf mehrere Kubikmeter rosa Spielzeugschrott mit wenigen Luftlücken dazwischen.

Hinter mir, auf dem Treppenabsatz, beugten sich die beiden Bewohnerinnen dieser Spielzeughölle über einen Eimer, in dem zwei Frösche um ihr Überleben kämpften.

Auf dem Weg ins Wohnzimmer kam ich an einem anderen Schlafzimmer vorbei. Darin türmte sich auf einem Bettgestell ein etwa zwei Meter hoher Haufen aus Wäsche und Müllsäcken. Verstreute Kippen und ein übervoller Aschenbecher bildeten eine gräuliche Insel auf dem dunkelgrünen Teppich.

»Setz dich doch«, forderte Louise mich im Wohnzimmer auf und schaltete den Fernseher an. Auf beiden Sofas lagen Socken, Jacken, Malbücher. Auf dem Couchtisch drängten sich volle Aschenbecher, Tassen mit kaltem Kaffee, Pappteller, Zeitschriften. An der Wand hing ein handgemaltes Poster, auf dem in Kinderschrift stand: »Was ich vermisse: Onkel Kennie«.

Der Vater der beiden. Er war gerade im Knast, war betrunken in eine Prügelei geraten. Die Behörden hier oben waren streng, zu streng, nach Louise' Meinung. Die nahmen einem das Kind wegen Bagatellen weg, da könne man nichts machen. Dabei hätten sie doch nur bei ihrer Nachbarin anrufen müssen.

Wie, Kind weggenommen, fragte ich.

Ach. Sie war nach Nain geflogen, nur mal für ein paar Stunden, und hatte eine Nachbarin gebeten, auf ihre Kinder aufzupassen. Die Behörden hätten sie telefonisch nicht erreicht. Wenn sie doch nur bei der Nachbarin angerufen hätten! Das Amt hatte ihr daraufhin die Kinder weggenommen, nun lebten sie bei einer Familie am anderen Ende des Dorfes. Heute war der erste Tag, an dem sie sie wiedersehen durfte. Louise sprach schnell, zündete sich eine Zigarette an, nahm hastig einen tiefen Zug, dann noch einen.

Ich wusste nicht so recht, was ich sagen sollte, ich begriff nur langsam.

Wenn ich es richtig verstünde, fragte ich nach, habe sie das Sorgerecht für ihre zwei Kinder verloren. Sie wohnten im Ort, aber bei jemand anderem. Heute waren sie zum ersten Mal wieder hier bei ihrer Mutter?

Ja, das hätte ich richtig verstanden, sagte Louise.

Im Fernseher vermöbelten Disney-Zeichentrickfiguren einander.

Ich dachte: Warum erzählt sie mir das? Warum hat sie nicht aufgeräumt? Warum haben die Kinder überhaupt so viel Spielzeug?

Vielleicht war ich zu empfindlich. Vielleicht war sie ein Messie. Vielleicht war sie einfach nur unglücklich. Aber vielleicht, dachte ich, war sie auch keine gute Mutter.

Aber das konnte jemand wie ich nicht beurteilen. Ich hatte

im Flugzeug mal eingezwängt in der Holzklasse gesessen, in unmittelbarer Nähe mehrerer schreiender Kinder im Alter zwischen drei Monaten und drei Jahren. Als ich entnervt mein Buch schloss, fragte die Mutter neben mir: »Haben Sie Kinder?« Ich antwortete: »Nein. Ich habe Ohren.« Fand die natürlich nicht witzig.

Louise riss mich aus meinen Gedanken. Alkoholismus war ein Problem, sagte sie. Von Oktober bis Mai waren sie hier oben von der Welt abgeschnitten. Dann kam kein Schiff in die Bucht. Die Temperaturen betrugen um die dreißig Grad minus. Es gab keine Jobs. Kinder schliefen in Schichten, weil es nicht genügend Betten gab. Die Wasserleitungen waren oft defekt. Aber das Internet lief. Ob ich auf Facebook war. Was, ich war nicht auf Facebook? Ach so, ich war auf Facebook, aber ich nutzte es nicht. Nein, das tue sie auch nicht. Das mache ja auch keiner. Ich solle mal eben warten, so, die Freundschaftsanfrage war raus.

Unser Schiff war das zweite in diesem Jahr. Die First Nations schnitzten schon den ganzen Winter Figuren. Wenn ich später in die Kirche ging, im ersten Stock gab es einen Basar. Wieso First Nations? Na, Indigene oder Inuit, Hauptsache, ich sagte nicht Eskimos oder Indianer.

Ich nahm ein Kinderbuch in die Hand. Auf dem Cover sah man am Ufer eines blaugrauen Meeres die Silhouette eines Mannes mit wehenden Rockschößen, der wegrannte, einen Sack in der Hand. Über ihm ein runder Vollmond an einem dunklen Himmel mit weiß-grauen Wolkenfetzen. Ich las den Titel: *Borrowed Black*.

»Nimm es mit. Die Kinder haben Angst vor dem Buch. Ich wollte es schon wegwerfen.«

»Ich habe heute ein Mädchen in diesem Hotel gesehen«, sagte ich. »Die hat ihren Sohn besucht. Sind viele Mütter hier so jung?«

Louise nickte. »Die saufen hier zu viel. Außerdem gibt es den Missbrauch.«

»Welchen Missbrauch?«

»Komm, ich zeig dir was.«

Ich trat neben sie ans Fenster.

»Da unten, siehst du das Haus?«

Sie zeigte auf eine Reihe einstöckiger Häuser am Strand, die so aussahen wie das von Louise. Auf Stelzen gebaut, eine Treppe nach oben, flaches Dach, zwei Fenster.

»Da wohnt ein Pädophiler«, sagte sie. »Der ist im Moment noch im Gefängnis, aber er wird bald entlassen. Alle hassen ihn, aber was können wir tun? Die eine Hälfte der Leute hier will nichts mit ihm zu tun haben, der anderen Hälfte ist es egal. Er hatte sogar mal meine Tochter bei sich, aber wir glauben nicht, dass er ihr etwas getan hat.«

Louise sprach im selben Ton, in dem mir meine Nachbarin erzählen würde, dass ihre Begonie eingegangen war. Im Flur spielten die Kinder Fangen. Sie liefen zu uns, quiekten und schrien, als würden sie dabei gefilmt, nahmen mich in den Arm, rannten wieder weg. Es hatte etwas von einem Theater, das sie für uns aufführten.

Sie müsse lernen, ihre Wut zu bewältigen, habe ihr der Therapeut geraten. Sie war schon seit Jahren wegen PTBS in Behandlung, Posttraumatischer Belastungsstörung. Dummerweise hatten die Behörden das gegen sie verwendet, als sie ihr die Kinder weggenommen hatten. Wenn sie die Nachbarin angerufen hätten, wäre alles anders gekommen. PTBS war ein Bewältigungsmechanismus, wenn man selber Missbrauch erlebt hatte. In ihrer Familie war das ja auch vorgekommen.

Ich schaute aus dem Fenster. Vor meiner Nase hing ein Ornament. Ein Glasquadrat mit einer Elfe, die ein winziges Herz in der Hand hielt.

Ab wann sah man die Dinge nicht mehr genau? Wenn man zum zweiten Mal irgendwo hinkam? Wenn man bei jemandem zu Hause auf dem Sofa gesessen hatte? Wenn man zum ersten Mal im Dunkeln den Weg ins Badezimmer fand? Ich hatte mich mit dem Meer vertraut gemacht, mit dem grauen Himmel, dem Anblick der Straße, mit Louise' kurzen rosa Haaren, ihrer Art zu lachen, mit den Vornamen der Kinder: Rose, Stacey. Stacey, Rose. Doch nun hatte jemand meine Sicht verstellt. Ich befand mich in einer anderen Wirklichkeit. Ich war keinem weißen Kaninchen gefolgt, ich war auch nicht durch einen Spiegel geklettert. Ich war einfach nur mit einem Tenderboot an Land gegangen und in eine Welt spaziert, die weder schön noch poetisch war. Sie war kalt, sie war nass, sie war einsam, und ich gehörte nicht hierher. Diese Welt ergab keinen Sinn.

Wie konnten die Leute hier oben so leben? So nonchalant über etwas so Trauriges reden, als wäre es nichts? Als wäre es alltäglich? Oder war das hier alltäglich? Vielleicht konnte man mit gewissen Dingen nur umgehen, wenn man sie beiläufig erwähnte. So tat, als wäre das Monströse eine Selbstverständlichkeit. Ich machte das ja auch nicht anders. Nur, sagte eine Stimme in meinem Kopf sofort, das konnte man ja nun nicht vergleichen. Mein Leben in Deutschland war lächerlich einfach gegen das hier. Ich dachte an Sakaaq und schämte mich für meinen Mangel an Mitgefühl.

Warum lebten die Menschen überhaupt hier? Warum lebten sie nicht woanders, wo es wärmer war? Und wieso war ich hergefahren? Bring ein paar schöne Bilder mit? Gerne hätte ich im Verlag angerufen und gesagt: »Diese Bilder sind nicht schön.

Kann ich bitte nach Hause kommen, ich glaube, es reicht. Wenn sich mein Horizont noch mehr weitet, reißt er entzwei.«

Louise fragte, wo wir als Nächstes hinführen.

Makkovik, erwiderte ich.

Sie verzog das Gesicht. Makkovik, ausgerechnet dahin. Die waren doch blöd da.

Warum, fragte ich.

Die hatten alles. Da war es schön, und hier war es nicht schön, und ich müsse ihr versprechen, die anderen nicht mehr zu mögen als sie.

Ich versprach es. Wir verabschiedeten uns. Sie stand in der Tür, lachte, und ich dachte: Sie lacht, wie um Ungeheuer zu vertreiben.

Auf dem Rückweg sah ich die gleichen Dinge, die ich vorher schon gesehen hatte, aber sie sahen anders aus, hatten plötzlich etwas mit mir zu tun. Ich sah ein Fahrrad an einem Strommast. Einen Husky an der Leine hinter einem Haus. Feuchtes Gras. Schneemobile auf dem Kies und SUVs. Ich sah das Ufer. Kieselsteine. In der windstillen Bucht lag die MS *Svalbard*. Ein Mann in einer blauen Windjacke ging über einen Hügel. Es war Lewis. Ich rief, aber er hörte mich nicht.

Ich ging am Kommunalzentrum vorbei. Vor zwei Stunden hatten wir die Räume da drinnen besichtigt. Das Eisbärenfell bewundert. Die Teenager samt Vater beklatscht, weil sie so hoch springen, Liegestütze machen, Bälle fangen konnten. Ich wollte wieder zurück aufs Schiff, aber wenn ich jetzt ging, was dann? Manchmal blieb man, weil man hoffte, es würde sich etwas bessern. Man hoffte, ein Mensch würde wieder fröhlich werden, so wie früher. Und wenn man begriffen hatte, dass das nie passieren würde, blieb man erst recht, weil man wusste, dass man den Moment verpasst hatte, an dem man noch hätte gehen können.

Am Hafen sah ich andere Passagiere herumlaufen. Sie machten Fotos, erkundeten den Ort. Vielleicht würde alles wieder normal, wenn ich mich benahm wie sie, wie ein Tourist, der sich ansah, was es hier zu sehen gab. Die Ausgrabungsstätte, richtig, wo war die noch mal? In einem Holzhaus fand ich mehrere feuchte Löcher im Boden, bewacht von gelangweilten Studentinnen aus Vancouver. Ein Korridor führte von dort zur Kirche, in einen langen weißen Saal mit vielen Bänken, einer Orgel am Kopfende und Plastikblumen am Altar. Die Balken für dieses Gebäude waren Ende des 19. Jahrhunderts im sächsischen Niesky gezimmert worden, erzählte die Geologin. Oh, und ah, sagten die Passagiere. Ich ging in den ersten Stock, der nicht mehr zur Kirche gehörte. In einem Raum saßen drei Inuit schweigend hinter einem Tisch. Das Bild hätte aus dem Film eines finnischen Regisseurs mit Schwerstdepression stammen können. Ein kahler Raum, ein Tisch, drei Stühle. Regungslos wachten die drei Männer über Figuren aus Speckstein, einen Wal, eine Robbe und ein Kreuz. Auf dem Gang beschwerten sich Passagiere darüber, dass man nicht mit Kreditkarte zahlen konnte. Außerdem: zweihundert Dollar für so eine Steinfigur? Das war ja wohl ein bisschen happig.

In einem Nebenraum standen Reihen altmodischer Schulbänke. An der Wand hing eine Tafel, auf einem Tisch lag ein aufgeschlagenes Lexikon: Deutsch – Inuktitut, erschienen 1880. Jemand hustete.

Ein Junge stand in der Tür des Schulzimmers und beobachtete mich. Er hatte braune, struwwelige Haare, eng stehende Augen und hielt seinen Körper leicht schräg. Er trug einen weißen Kaftan, der am Rand mit blauer Stickerei umhäkelt war. Er war vielleicht achtzehn, wirkte aber jünger.

Er wies nach oben. Ob ich wisse, wer das sei. Über der Tür

hingen dreizehn Bilder mit nahezu identischen Männerköpfen. Er zeigte auf den mit Hakennase und hinterhältigem Blick.

»Soll das Judas sein?«, fragte ich.

Er nickte und schlug sich mit der flachen Hand auf die Brust. Er selbst war Judas, sagte er. Er war böse.

Was er denn angestellt hatte, fragte ich.

Etwas Schlimmes, sagte er.

Aber Jesus würde vergeben, sagte ich, das war doch der Sinn der Sache, oder?

Ihm nicht. Er hatte etwas sehr Schlimmes getan.

Ich wollte das nicht hören. Ich wollte da nicht stehen. Langsam kam ich mir vor wie in einer Horrorserie, die erst noch geschrieben werden musste.

Erst Amooka, dann Louise, nun er. Wie hieß er überhaupt? Warum schaute er mich so an? Was wollte er von mir? Was war hier los?

Er blickte zu Boden.

»Wie heißt du denn?«

»Leonard«, sagte er.

Ich war mir sicher, dass Jesus vergab, erwiderte ich. Ganz besonders das Schlimme. Man musste nur darum bitten.

»Um was?«

»Um Gnade.«

Er drehte sich um und ging.

Eine Weile blieb ich da stehen. Ich atmete den modrigen Geruch des alten Gebäudes, ich betrachtete die Köpfe der Jünger, die über der Tür hingen, ich sah die Bänke, an denen über Jahrzehnte den Inuit Lesen und Schreiben und vermutlich auch Deutsch beigebracht worden waren. Durch ein kleines Fenster fiel Tageslicht. Draußen riss der Himmel auf. Aus den anderen Räumen hörte ich Stimmen, Gespräche auf Deutsch, Englisch,

Norwegisch, vom Flur her Schritte, und ich stand da wie eine batteriebetriebene Figur, der der Strom ausgegangen war.

Ich war in ein Museumsdorf mit lauter Irren gelaufen, obwohl, so einfach war das nicht. Es war ein normales Dorf am Ende der Welt, und was mich irremachte, hatte nichts mit den Leuten hier zu tun. So war das nun mal: Wenn man wegfuhr, erlebte man was. Eine Reise war kein Restaurant, in dem man bestellen konnte: Ich hätte gerne einmal Wandern, zwei Eisberge, ein bisschen Nebel, Pfannkucheneis und zum Nachtisch einen doppelten Schrecken.

Ich folgte den Schildern, auf denen »Ausgang« stand. In einem Raum sah ich Frauen, die selbst gehäkelte Topflappen, Puppen, Socken, Schlüsselanhänger und Handschuhe aus Robbenfell und Stoff verkauften. Ich stellte mir vor, wie sie im Winter diese Sachen bastelten, wie die drei Inuit die Specksteinfiguren herstellten, ein halbes Jahr an den Dingern schnitzten, nur damit irgendwann im Sommer Leute wie wir herkamen und sie nicht kauften, weil es hier keine Maschine für Kreditkarten gab und weil zweihundert Dollar für ein halbes Jahr Arbeit ganz schön happig waren.

Die Schilder führten mich über den Dachboden, wo bunte Herrnhuter Sterne verstreut auf alten Orgeln lagen. Staub tanzte im Sonnenlicht. Da, ein alter Zahnarztsessel. Dort, Akkordeons. Gerahmte Fotos hingen an den Wänden. Ich sah Familien, Paare, die Einwohner von Hopedale um 1900. Schwarz-weiße Versionen von Amooka, von Leonard, von Louise. Vom Wetter gegerbte, vorzeitig durch Kälte und Hunger gealterte Amookas, zahnlose, in Robbenfelle gekleidete, bewaffnete Leonards, geschmückte, stumme Louises, man sah eine Gemeinde aus Norwegern und Mongolen mit Spitzenhauben, dunklen Mänteln und Robbenfell. Was hatten sie gedacht, als diese Bilder aufgenommen wurden? Wen hatten sie geliebt? Wie konnten sie die Kälte ertragen, die Kargheit? Warum waren sie hier und nicht im Süden, wo man das ganze Jahr über Kabeljau fangen konnte, nicht wie hier nur Wale und Robben und davon von Jahr zu Jahr immer weniger?

Aber wieso fragst du dich das, wenn es dich doch nur in Gedanken interessiert?, fragte eine Stimme in meinem Kopf. Wieso tust du, als läge dir etwas an den Menschen, suchst aber bei der ersten Gelegenheit das Weite? Du hast mehr Mitgefühl mit einem toten Mountie als mit einer Inuk, deren Sohn sich umgebracht hat.

In langsamem Tempo ließen wir die Bucht hinter uns. Der Himmel leuchtete blau, weiß, rosa, grau und silbern. Am Horizont trieben weiße Rechtecke. Die Küste schimmerte bläulich, die Wolken in den Zuckerwattefarben Rosa, Lila, Violett. Das Wasser, das wir hinter uns ließen, war tiefschwarz. Es war mal wieder unwirklich.

Na, wie fanden Sie so den Ort? Ganz interessante Kinderschändergeschichten, nicht? Ja, ein bisschen kalt, ich verstehe auch nicht, warum die Einwohner da im T-Shirt rumlaufen, ach, die mögen das so, nicht wahr? Ja, trinken auch gerne mal einen über den Durst, was? Ein bisschen ruppig, ja, das hat Tradition, die machen das da oben so. Kinder, och, die leben mal hier, mal da. Putzig, diese Inuit.

Und in Hopedale war das Theaterstück vorbei. Die weißen Kittel mit den blauen Rändern hängen wieder im Schrank. Die Schnitzereien aus Speckstein sind verstaut, die Ausgrabungen zugedeckt, und im neuen Gebäude der Kommunalverwaltung, das aussieht wie ein Ufo, geht das Licht aus. Die Wärme flieht aus den Mienen der Menschen. Ihre Gesichtszüge erschlaffen, sie streifen ihre Kleider ab. Die Fernseher laufen, und die Computer summen. Die Leute streamen Netflix-Serien, schieben Käsemakkaroni in die Mikrowelle und trinken Fusel, um zu vergessen. Sie müssten Wasserleitungen verlegen, Häuser bauen, einen Kindergarten, die Straße teeren. Ja, es hat mal ein Sportstudio hinter dem Hügel gegeben. Das ist inzwischen wieder zu.

Ich hatte nichts gekauft. Aber ich hatte Leute kennengelernt. Nein, ich hatte beinahe Leute kennengelernt.

Auf dem Weg nach unten kam mir Connor entgegen. Wir blieben auf halber Treppe stehen.

Ob ich einen schönen Tag gehabt hatte?

»Nein«, sagte ich. »Hopedale müsste Hopelessdale heißen.«

Ich berichtete von Amooka, von den Pflegekindern, von Louise und von Leonard. Er sollte mich nicht falsch verstehen: Niemand war nicht nett gewesen. Im Gegenteil. Jeder war nett gewesen. Sie hatten einfach nur sehr sachlich über einen ziemlich traurigen Alltag gesprochen.

»Oh«, sagte er, »das war dann ja wohl ein Reinfall.«

»Na ja«, sagte ich, »den anderen hat es bestimmt gefallen.«

Er runzelte die Stirn und sagte, er müsse leider nach unten, die Boote verstauen. Ich solle mir keine Sorgen machen. Morgen würde es schöner werden.

»Es war dumm, dass ich dir das erzählt habe.«

»Nein«, sagte er, »das war richtig.«

Als er ging, dachte ich trotzdem: Warum konnte ich meine Klappe nicht halten? Vielleicht hatte ich den Inuit die Specksteinkundschaft auf Jahre vermasselt.

Im Restaurant herrschte Betrieb. Ich reihte mich bei den Meeresfrüchten in die Schlange.

Während ich langsam vorrückte, weil sich die Leute nicht

zwischen Hummer, Langusten und King Crabs entscheiden konnten, studierte ich die Stacheln auf den dunkelrot-weißen Krabbenbeinen. Die beiden Österreicherinnen standen hinter mir und diskutierten über ihre Wanderung durch das Hinterland von Hopedale.

»Was für ein Unsinn, Eisbärengefahr. Den möchte ich mal sehen, den Eisbären, der sich von diesen Miniaturgewehren aufhalten lässt«, sagte die Freundin. »Das ist doch Unfug. Da fahren wir bis ans Ende der Welt, und dann können wir da nicht rumlaufen, weil irgendein kanadischer Heini sagt, pro Gewehr nur sechs Personen. Es ist viel zu warm für Eisbären. Eisbären sterben aus. Eisbären sind im Eis. Hier ist aber kein Eis. Und wenn es einen Eisbären gäbe, dann würde der sich doch die Dicksten aussuchen. Wir müssen einfach nur diesen dicken Engländer vorneweg laufen lassen, ein Eisbär wird ja wohl von dem satt. Hast du den Kaviar gesehen?«

Ich warf den King-Crab-Beinen einen letzten Blick zu, gab auf und ging in meine Ecke. Wie erwartet, war der Platz neben Herrn Mücke noch frei.

»Darf ich?«

»Aber bitte«, sagte er.

Ich setzte mich.

»Hatten Sie einen schönen Tag?«, fragte er.

Ich schüttelte den Kopf.

Ich würde einfach nur aus dem Fenster sehen, wenn das in Ordnung für ihn sei.

Aus dem Fenster zu sehen, sagte er, sei eine völlig zu Unrecht unterschätzte Freizeitbeschäftigung, der man sich gar nicht oft genug hingeben könne, Kindchen.

Nach dem Essen informierte uns eine Durchsage, dass um 21 Uhr der Film *Chasing the Ice* gezeigt werden würde. In Makkovik würde es morgen neun Grad warm sein, leicht bewölkt, mit einer leichten Brise in einer Windstärke von drei bis fünf Metern pro Sekunde. Kein Regen.

Ich setzte mich in den Flur. Die Flachbildschirme zeigten die Fotos, die der Fotograf heute an Land gemacht hatte. Auf einem sah man Taylor. Er hatte die Kapuze seines Anoraks hochgezogen, sein Mountainbike achtlos auf den Felsen fallen lassen. Er stand mit dem Rücken zur Kamera und schaute aufs Meer.

»Guten Abend, Fräulein«, sagte Lewis und setzte sich zu mir. Entgegen meiner trüben Stimmung musste ich lächeln. Er hörte zu, nickte, unterbrach mich nicht.

»Was ist da los? Ein paar Hundert Erwachsene leben da so vor sich hin und lassen es zu, dass Männer kleine Mädchen missbrauchen? Das geht nicht in meinen Kopf, und dann bauen sie ein Museum, hängen Bilder auf, ziehen sich weiße Kittel über und warten auf Leute wie uns, um uns ihre Geschichte zu zeigen. Hier, so war das früher mal, schön war es nicht, aber es gab uns schon vor hundert Jahren. Warum wir hier wohnen, das wissen wir nicht, aber wir haben es schon immer getan. Unsere Häuser sind schäbig, das Wetter ist unmenschlich, zu jagen gibt es nicht mehr viel, aber wir haben Internet. Ach so, ja, und wir haben diese Pflegekinder. Die sind hier, weil die Menschen in den anderen Dörfern in der Gegend hier genauso verkommen sind wie wir. Es kann aber auch an den Behörden liegen, die rufen ja nie bei den Nachbarn an und nehmen einem dann die Kinder weg, eine Frechheit, wo wir unseren Kleinen geben, was wir können. Rosa Barbies. Rosa Gummistiefel, und wenn sie brav sind, dürfen sie ein paar Frösche quälen.«

Lewis schwieg. Um uns taten die anderen Passagiere, als hörten sie uns nicht zu.

Ja, wir waren auf einer Expeditionskreuzfahrt, aber am Ende

müsse ich doch feststellen, dass ich zum Entdecker nicht taugte, redete ich mich weiter in Rage. Da entdeckte ich mal was, und was tat ich? Ich rannte weg. Aber vielleicht hatte ich auch gar nichts entdeckt. Vielleicht war das alles nicht der Rede wert. Die anderen Leute hatte Hopedale offenbar kaltgelassen.

Mit Vermutungen war das so eine Sache, sagte Lewis.

»Wieso hat keiner von denen Louise seine Regenjacke angeboten?«, machte ich weiter. »Wir waren doch alle dick genug angezogen, einige hatten sogar einen Schirm dabei. Was haben die denn alle gedacht? ›Die Dicke da, die führt uns rum. Die kriegt Geld dafür, der müssen wir nicht begegnen wie unseresgleichen‹? Sie hat gezittert, und da waren wenigstens fünfzehn Männer mit dicken Jacken in unserer Gruppe. Was sind denn das für Entdecker? Ist sich da jeder selbst der Nächste, oder was? Das kann ja heiter werden, wenn wir absaufen, die will ich mal sehen, wie sie einander die Augen aushacken, wenn's an die Boote geht.«

Lewis lachte nicht. Die anderen Passagiere taten weiter so, als hörten sie nicht, was ich sagte.

»Es war gut, dass du Louise deine Jacke gegeben hast«, sagte Lewis leise, »und es war gut, dass du mit ihr mitgefahren bist und mit ihr geredet hast. Du hast eine Geschichte erlebt.«

»Die Geschichte will ich aber nicht.«

Auf dem Bildschirm erschien erneut das Foto mit Taylor und seinem Mountainbike. Dann wurde das Bild durch eines von nassen Häusern ersetzt.

Farbe

Makkovik, Labrador

Schon von Weitem sah Makkovik aus wie das Gegenteil von Hopedale. Die Sonne schien auf eine bewaldete Küste. Weiße Wolken hingen tief in den Spitzen der dunkelgrünen Tannen, wie schlecht ausgekämmte Fussel in einer Bürste. Wir fuhren auf eine Postkarte zu, die aus der ersten oder zweiten *Twin Peaks*-Staffel hätte stammen können. Eine weiße Kirche kam ins Bild, bunt angemalte Häuser, die weißen Fensterrahmen leuchteten in der Sonne, ein weißes Boot lag am Kai, die grünen Hügel und bunten Fassaden spiegelten sich im stillen Wasser des Fjords, darüber hing ein blauer Himmel mit weißen Schäfchenwolken. Wir kamen aus dem Zeitalter des Schwarz-Weiß-Fernsehens in das der Farbe. Unmerklich langsam fuhren wir immer tiefer in diese Postkarte hinein, und ich verstand endlich, warum Menschen Schiffsreisen so liebten. Mit keinem anderen Verkehrsmittel konnte man einer Sache so langsam näher kommen.

Ein Eisbär stand am Ufer und winkte. Zwei Mädchen hielten ein Banner, auf dem stand: »Willkommen in Makkovik«. Das brummende Geräusch von Stromgeneratoren wehte über die Bucht. Ich stolperte beim Aussteigen und rempelte aus Versehen den Eisbären an. »Verzeihung«, sagte ich.

»Keine Ursache«, antwortete eine weibliche Stimme aus dem Eisbärenkopf heraus.

Das Makkovik'sche Heimatmuseum war ein kleiner Steinbau, weiß gestrichen, an den Innenwänden hingen gerahmte Fotos, in Vitrinen lagen Artefakte. Angeblich hatte es hier mal gespukt, sagte die Museumsdirektorin. Sie wohnte aber seit zehn Jahren im obersten Stock und hatte noch nie ein seltsames Geräusch gehört. Im Garten vor dem Museum erklärte eine Biologin den Passagieren die Unterschiede zwischen *redberries*, *blueberries* und *bakeapples*. Ihre Assistentin Charlie Mae hatte das Eisbärenkostüm abgelegt. Sie war ein schlaksiger, etwa sechzehnjähriger Teenager mit langen Haaren und Zahnklammer, ging nun zu einem Baum, kratzte an der Rinde und löste einen kleinen Klumpen Harz ab. Sehr leise sagte sie in die Runde, das sei Kautschuk, *kutschuk* auf Inuktitut. Man könne es essen, es sei gut gegen Zahnweh. Wenn man lange genug kaute, reinigte es sogar die Zähne.

Die Passagiere nahmen es in die Hand, rochen daran, reichten es weiter.

Einer wollte wissen, wie die lila Blumen hießen. Das war Fireweed, sagte Charlie Mae. Es wuchs nach einem Feuer. Alle Teile oberhalb des Bodens waren essbar. Ich fotografierte die leuchtend violetten Blüten und dachte an die verbrannte Ruine bei Louise' Haus.

Hinter dem Garten führte ein Pfad in ein Dickicht aus Nadelbäumen, Büschen und Birken, den »Dichterwald«. Überall liefen Passagiere herum, keiner konnte ein Bild machen, ohne dass ihm ein oranger Zipfel hineinragte. Es war warm. Die Sonne schien. Es grünte und blühte so idyllisch wie in der Anfangsszene aus David Lynchs *Blue Velvet*.

Licht fiel durch bunte Fenster in den Kirchenraum, der Altar war mit Blumen und Kreuzen bedeckt. Darüber hing ein Tuch mit einem Lamm, das aussah wie ein Bernhardiner. Letzte Woche hatte die Kollekte 125,90 Dollar ergeben, war auf einem Schild zu lesen. Kinder liefen umher, lachten, auch sie trugen diese weißen Kaftane mit den blauen Borten.

Jede Minute, dachte ich, müsste der Stoff reißen, aus dem die Wirklichkeit gemacht war. Jede Minute würde sich die Spitze eines Rasiermessers hindurchschieben, erst einen hauchfeinen Schlitz und dann eine Öffnung schneiden. Man würde durch die braune Täfelung der Kirche auf eine kalte, feuchte Steinwand schauen können. Aber das geschah nicht. Die Kinder reihten sich auf und sangen für uns ein Lied, irgendwas mit Jesus.

Lewis blieb in der Kirche zurück und unterhielt sich mit dem Pastor, einem weißhaarigen Mann. Ich setzte mich auf die Kaimauer, an der ein Polizist in braun-schwarzer Mountie-Uniform lehnte.

Er hieß Walter, war vierzig und mit einem Kollegen für das Gebiet von hier bis Nain zuständig. Viel war nicht los, sagte er, nur ein Bär fraß momentan die Sitze von den Schneemobilen. Wo wir vorher gewesen waren?

»In Hopedale«, sagte ich.

Wie hatte mir das gefallen?

»Okay«, sagte ich vorsichtig.

Er schaute mich prüfend an. Ja, schön war es dort nicht. Hier lebten siebenundsechzig Kinder. Allein vierzig davon kamen aus Hopedale. Pflegekinder. Die wenigsten wollten zurück nach Hause. Alkoholismus. Drogen. Hatte ich vom Residential School System gehört? Nein? Das war einer der Gründe, warum es den Gemeinden hier oben im Norden so dreckig ging. Wegen der Folgen in den Familien. Von 1870 an waren die Kinder der First Nations in staatlichen Internaten erzogen worden, da sollten sie lernen, wie man ein Europäer wird, und vergessen, dass sie Inuit waren. Die sind mit Flugzeugen in den Norden gekommen und haben den Eltern die Kinder weggenommen, sagte Walter. Viele bekamen heute eine Menge Schmerzensgeld. In diesen Schulen hatte es Gewalt und Missbrauch gegeben. Aber wenn ich ihn fragte: Das Leben war immer auch eine Entscheidung. Eine Charakterfrage. Niemand zwang einen, zu trinken und sein Kind zu schlagen. Makkovik bestand zu zwei Dritteln aus norwegischstämmigen Einwohnern. Hier war es ruhig. In Hopedale waren mehr als achtzig Prozent der Einwohner Nachfahren der Inuit.

Dabei klang er wie ein Mechaniker, der einem sagte, ja, natürlich stottert der Motor, wenn Sie die Zündkerzen nicht auswechseln. Das ist doch eine klare Sache.

Lewis ging vor, ich spazierte hinter ihm durch den Wald, den die Leute hier den Dichterwald nannten. Ich verstand, warum sie so stolz darauf waren, es gab hier ganz formidable Exemplare von Bäumen: Fichten, Wacholder, Lärchen, Birken. Der Waldboden fühlte sich weich an. Ab und zu lagen Steine zwischen den Tannennadeln. Zwischen den Bäumen wuchsen seltsame Rosen, Moos, orange Blüten, dunkelrote Beeren, hellgrüne Gräser und hellgraue Flechten. Es wehte ein warmer Wind, der uns vor Moskitobissen bewahrte. Die Luft roch süßlich und nach Nadelwald.

»Der Pastor hat erzählt, dass hier um 1900 noch Hunderte von Walfangschiffen vor der Küste kreuzten«, sagte Lewis. »Hier war das Fischbuffet der Welt. Alle kamen und bedienten sich: Russen, Japaner, Europäer. Anfang der Dreißiger zogen die Schwärme weiter nach Süden, nach Neufundland, und Ende der Fünfziger war der Kabeljau an der gesamten Küste abgefischt. Dann kam der Kalte Krieg, die Amerikaner bauten hier Radarstationen. Mit den Soldaten kam auch der Alkohol.«

Wir näherten uns einem weiß gestrichenen Zaun, dahinter lag ein Friedhof. Ich blieb stehen.

»Was ist denn?«, fragte Lewis.

»Jetzt, wo wir nicht mehr im hohen Norden sind, denke ich wieder dauernd an Filme. Ich sehe was und denke: Oh, das sieht hier aber aus wie bei *Twin Peaks*. Oder eben: Oh, das sieht hier aber aus wie in *Friedhof der Kuscheltiere*«, sagte ich.

Lewis drehte seinen Kopf wieder mit dieser langsamen Rotation und grinste: »Es sieht hier aus wie in *Friedhof der Kuscheltiere*«, sagte er und ging zu einem Baum, an dem ein Schild hing. »Schau mal, deswegen heißt der Wald ›Dichterwald‹: *When you're down and out, when you're on the street, when evening falls so hard, I will comfort you.*«

»Was ist das?«

»Das ist der Text zu *Bridge over Troubled Water*«, sagte er.

»Hier ist noch einer«, sagte ich. »*Never look down on anybody, unless you are helping him up.* Jesse Jackson. War der ein Dichter?«

»Jesse Jackson war ein Pastor und Bürgerrechtler«, sagte Lewis. »Oh, hier hängt einer von Sri Chinmoy. Und da einer von Khalil Gibran. Wir sind in einem esoterischen Wald gelandet.«

Ich sah ihn entsetzt an. Sein Lachen endete in einem Hustenanfall. Er blieb am Fuß einer kleinen Holztreppe stehen, krümmte sich, würgte. Ich hielt ihm meine Hand hin.

»Danke«, keuchte er, nahm meine Hand aber nicht, sondern ließ sich langsam auf einer Holzstufe nieder. Er griff in seine Tasche, zog eine Wasserflasche heraus, trank. Ich setzte mich neben ihn und schaute mich um.

Ich dachte an meinen Baum. Es war eine junge Wildkirsche. Sie hatte 3000 Euro gekostet und stand auf einer Lichtung wie ein langer Lulatsch, der versuchte, einen Ball zu fangen. Das würde sich noch verwachsen, hatte der Förster gemeint. Außerdem war das bei Bäumen so. Die wuchsen halt, wie sie wollten. Vor allem in einem Ruheforst. Als ich im Frühling wiederkam, lehnte sie sich noch weiter nach hinten. Vögel zwitscherten. Es roch streng nach Knoblauch. Rings um den Baum hatte sich ein Bärlauchfeld breitgemacht. Jetzt haben wir den Salat, sagte ich zur Wildkirsche. Meine Eltern hatten Knoblauch nicht ausstehen können.

Wir folgten dem Stimmengemurmel und betraten die Eishockeyhalle. In der Mitte des Spielfelds saßen die anderen Passagiere bereits in mehreren Reihen hintereinander. Ringsherum boten Frauen hinter Tapeziertischen Muffins und Andenken an. Ein Mädchen mit einer Geige wartete in der Mitte. Neben ihr standen Walter und sein Kollege. Alle blickten in unsere Richtung. Wir waren zu spät.

Das Mädchen geigte ein Lied. Die Bürgermeisterin hielt eine Rede. Eine Gruppe Teenager kam und führte die gleichen Turnübungen auf, die wir schon in Hopedale gesehen hatten. Sie sprangen höher, wirkten fröhlicher und waren schicker gekleidet als die in Hopedale. Hier gab es keine Louise, keinen Pädophilen, keinen Nieselregen und kein einsames Mädchen in einem Hotel. Es gab nur nette Leute.

Charlie Mae saß auf den Stufen des Holzweges, der über den Hügel führte. Sie hielt einen Zweig mit schmalen grünen Blättern in der Hand.

»Das ist Labrador-Tee«, sagte sie. »Der hilft gegen Erkältungen und Fieber.«

Ich nahm den Zweig, den sie mir hinhielt, und roch Tanne und Petersilie. Petersilientanne mit leichtem Zitronenaroma.

»Wo kommst du her?«, fragte sie.

»Aus Deutschland«, erwiderte ich.

»Du siehst aber gar nicht deutsch aus.«

»Ich weiß.«

»Wohnst du in München?«

»Nein, in Berlin.«

»Wo ist das?«

»Das ist die Hauptstadt. Sie liegt im Osten. Da ist es aber nicht so schön wie hier.«

Charlie Mae lachte. »Hier ist es doch nicht schön!«

Ich sah mich um. Der Boden sah aus wie ein 3-D-Teppich mit gewebten Puscheln in Weiß und Grau und Grün. Vereinzelt blühten rote und gelbe Blumen mit kreisrunden Blüten. Weiße Steine lagen zwischen den Moosinseln. Am Hang wuchsen Büsche, dahinter dünne Bäumchen, silberne Zahnstocher mit Zweigen aus kristalliner Asche. An jedem dieser dünnen Enden wippte ein grellgrüner Trieb. Weiß der Kuckuck, woher die Pflanze die Kraft nahm, aus diesem aschgrauen Körper so viel Leben in den Trieb zu pumpen, aber sie schaffte es. Alles an ihr rief der sie umgebenden Natur zu: »Wir haben keine Chance. Los, Jungs, gebt alles!«

»Doch, hier ist es schön«, sagte ich. »Hier wächst so viel.«

»Das ist ja das Problem. Hier gibt es nur Pflanzen«, seufzte Charlie Mae.

Aus Teenagerperspektive hatte sie recht. Hier gab es keine Disco, kein H&M, vermutlich gab es noch nicht mal genügend Jugendliche für einen Jugendclub.

Ich wusste ihr auch nicht zu helfen und verabschiedete mich. Immer wieder blieb ich stehen und kniete mich hin und fotografierte in die Moosbüschel hinein. Da, ein Pilz. Da ein grellgelbes Gewächs in einem dunkelgrünen Kissen. Was waren das für rote Beeren? Dort, weiße Früchte. Da, marmorierter Stein. Ich sah ineinander verknotete Städte und Hochhäuser aus Farnen und Moosen. Kleine Wundergärten vor Gebirgen aus Stein, gezackte Skulpturen zwischen dunkelgrünen Blättern.

Auf einer Anhöhe setzte ich mich auf einen Stein. Ich ließ meinen Blick in den Farben baden und über die Bucht wandern, über ordentliche Häuser, nirgendwo lag Müll. Vögel zirpten. Tschilp. Pfiehk, pfiehk. Am Hafen reparierte jemand sein Boot. In der Bucht ankerte unser Schiff. Ganz weit hinten am Horizont schwammen ein paar weiße Flecken vorbei, Eisberge. Es war, als hätte mir jemand diese neue, blühende und grüne Welt hingelegt, um zu sagen: Jetzt guckste, was? Die Bäume, die Gräser, die Blumen, alles saß überdeutlich und voller Farbe an seinem Platz und wartete förmlich darauf, von mir angestarrt zu werden.

Als wir fuhren, stand ich an Deck. Der Wind zerrte an meinem Zopf. Der Himmel war ein mit groben Händen gekämmtes Wollschaf, dessen blaue Haut durchschimmerte. Das Wasser funkelte im Abendlicht. Ich atmete die klare, trockene, sauerstoffarme Luft. Als wir die Bucht verließen, glühte der Himmel in Blau und Gold. In meiner Kabine erwischte ich mich dabei, wie ich nach einem Glas Ausschau hielt, in das ich Wasser für die Aquarellfarben abfüllen könnte.

Konjunktive

Rigolet, Labrador

»Loch«, rief jemand von vorne. Ich sah runter, eine Holzplanke fehlte. Ich machte einen Schritt darüber hinweg. Nach wenigen Minuten rief die Männerstimme erneut: »Loch!« Wieder wich ich dem Loch aus. Wir liefen auf dem zweitlängsten Bohlenspazierweg Nordamerikas. Der längste lag in Atlantic City. Der Ausflug sollte vier Stunden dauern und war kostenfrei für alle, die mitwollten. Natürlich hatten alle mitgewollt.

Die Sonne schien. Es wehte eine leichte Brise, mit vierzehn Grad war es warm. Wir hatten uns gegen Stechmücken gewappnet, vor allem gegen *black flies*, die hier verbreitet waren. Ich hatte mich und jedes Kleidungsstück mit *No Bite* eingesprüht. Die Geologin, die allergisch gegen Stiche war, trug Mütze, Schal und Handschuhe.

»Die kanadische Bremse ist ein bösartiges, überflüssiges Geschöpf, das Gott erschuf, als er richtig miese Laune hatte«, hatte sie uns gewarnt. Sie riss einem winzige Fleischstückchen aus dem Körper. Mit den Viechern war nicht zu spaßen. Eins dieser Ungeheuer hatte mich bereits gebissen. Mein Knöchel juckte höllisch. Ich hätte gern einen Hut mit Moskitonetz gehabt, so wie die Österreicherin. Oder einen dieser Ponchos aus tarnfarbenem Netz, wie die Frau aus Dortmund. Eins musste man den Outdoor-Leuten lassen – sie waren einfach besser ausgerüstet.

Abrupt blieb mein Vordermann stehen. Ich wartete, die hinter mir hielten ebenfalls an, Stau. Stimmen fragten: »Was ist da los? Warum geht es nicht weiter?«

Mein Vordermann drehte sich zu mir um und sagte: »Irgendwer hat einen Vogel gesehen.«

Vorhin waren wir vom stellvertretenden Bürgermeister von Rigolet und einem Inuit-Gesangsduo begrüßt worden: ein kleines Mädchen und eine junge Frau in bunten Gewändern. Das Kind schlug eine kreisrunde Trommel, die größer war als es selbst. Bei näherem Hinsehen erkannte ich, dass sie eine Zwergin war. Sie hielt den Passagieren die Trommel hin, doch die hatten keine Hand frei, weil sie mit ihren Handys filmten. Daraufhin stimmte das Duo den berühmten Kehlkopfgesang der Inuit an, was zunächst klang, als würde man Ochsenfröschen den Hals umdrehen. Oder als würde Placido Domingo mit Schlamm gurgeln. Dann entwickelten die beiden einen Rhythmus, eine sich wiederholende Bassline, die von irgendwoher zu kommen schien, nur nicht aus den zierlichen Körpern der beiden Frauen. Es waren tiefe, wuchtige Laute, die sich wiederholten, aus ihnen herausbrachen wie Schläge, die aus dem Erdinneren nach oben kamen.

Später servierten ältere Damen die lokale Spezialität Tautens, in Butter frittierte Teigreste, mit Marmelade bestrichen. Vielleicht sprachen sich die Leute aus den Dörfern ab. So nach dem

Motto: Hey, was macht ihr für die Schiffsfritzen? Ach, Eisbären, okay, dann machen wir keinen Eisbären. Und Inuit Games? Nee, dann singen wir was.

Aber wer außer uns kam hierher? Und warum? Im Supermarkt gab es Socken und Waschmaschinen im Angebot. Die Häuser drum herum wirkten sauber, aber trist. Es gab keine bunten Fassaden, keine Gärten, keine Büsche, nur kargen Nadelwald am Rand der Bucht. Auf einer Anhöhe stand eine Villa, das ehemals schönste Haus des Nordens, das Lord Strathcona mit dem Geld der Hudson Bay Company für sich gebaut hatte. Aber auch das hatte man in wenigen Minuten besichtigt.

Ich zog die Jacke aus. Der Bohlenweg schlängelte sich am Meer entlang. Wir liefen hintereinanderher wie eine Kompanie, mal ging es ein paar Stufen hoch, dann wieder runter, gelegentlich wurde ich überholt. Nach einer Weile wurden mir die Überholvorgänge zu dumm, und ich blieb in einer Art Haltebucht stehen, um die anderen vorzulassen. Auf der Landseite wuchsen wieder diese grauen Baumgerippe mit den grellgrünen Trieben, die ich bereits in Makkovik gesehen hatte. Ich taufte sie Gespenstertannen. Die Wasseroberfläche in der Bucht kräuselte sich. Von rechts zog eine Strömung ins Meer hinaus, von links kam Wind und wehte Wellenkrönchen über das funkelnde Wasser. Ich hob die Kamera. Eigentlich sah man immer nur den Wind. Bewegten sich die Blätter und die Zweige in den Bäumen, war das der Wind. Strich das Gras hin und her, war das der Wind. Jede einzelne Welle war ein Handstreich des Windes.

Nach einer Stunde hatte sich das Band unseres Fähnleins Fieselschweif auseinandergezogen, es war nicht gerissen, doch ich ging endlich am Schluss, neben Lewis und Hermann, dem Bärenaufpasser, einem 1,90 Meter großen Kerl mit der Statur eines Regals. Er trug ein Gewehr, das aber kein Karabiner war, sondern eine Büchse, wie wir erfuhren, und wenigstens so alt wie seine Oma. Letzten Monat hatte sein zwölfjähriger Neffe damit einen Wolf geschossen. Er war in den Garten gelaufen, der Neffe, nicht der Wolf, und hatte den Wolf am Hinterteil erwischt. Wir sollten uns aber keine Sorgen machen, die Tiere kamen nur in der Nacht. Hermann war Geologe und unternahm für die kanadische Regierung Katastervermessungen.

Lewis fragte ihn nach Bären aus: Schwarzbären. Eisbären. Toten Bären. Lebenden Bären. Legendären Bären. Ich lief hinterher und schaute aufs Meer, in die Bäume, endlich hatte das Ganze Ähnlichkeit mit einem Spaziergang. Doch gerade als ich anfing, das Gehen zu genießen, war es vorbei. Zwei Holzstufen führten hinunter auf eine Wiese. Dahinter lag ein Steinstrand, auf dem sich die anderen Passagiere bereits aufhielten wie eine Truppe abgestürzter Flugreisender aus der Fernsehserie *Lost*. Herr Mücke saß auf einem Felsen. Connor rief über Funkgerät die Tenderboote. Es würde eine halbe Stunde dauern, bis sie hier wären, sagte er in die Runde.

Was, eine halbe Stunde?

Ja, eine halbe Stunde.

Als das erste Boot kam, hatte der Wind zugelegt. Der Fahrer hatte Mühe, eine Stelle zu finden, von der aus die Passagiere trockenen Fußes einsteigen konnten. Wie immer waren die Drängler zuerst im Boot. Unter ihnen ein bärtiger Norweger, seine Frau, ein paar Deutsche, die beiden Österreicherinnen. Das Boot fuhr los, kam aber nur langsam voran. Bald darauf erschien das zweite. Wir beobachteten, wie andere Passagiere einstiegen.

Das dritte Boot kam wegen des Wellengangs gar nicht mehr an den Steinstrand heran. Connor dirigierte es an eine Stelle weiter hinten, wo Felsen aus dem Wasser ragten, auf denen man stehen konnte. Er ging halb ins Wasser, um das Boot festzuhalten, und winkte uns zu sich. Wir standen auf und trabten hin. Einer nach dem anderen stieg ein. Der Wind blies mir kalt ins Gesicht. Eisfüße musste der arme Connor haben, Eisklumpen, gar keine Füße, wie hielt der das nur aus? Dann war nur noch ein Platz frei, Herr Mücke stand hinter mir, ich wollte ihn eben vorlassen, doch der Mann neben mir machte einen Schritt nach vorne, sodass ich stolperte. Herr Mücke hielt mich gerade noch so fest.

Wir gingen zurück ans Ufer und setzten uns auf die Felsen. Da saßen wir nun: Herr Mücke, Lewis, Connor, Hermann und ich. Ich hatte kein Heimweh nach diesem schwimmenden Behälter, auf dem die vielen Gesichter, Gespräche und Gedanken wie luftdicht gewebtes Leben nebeneinanderlagen.

Der Wind trieb Wolken vor die Sonne. Das Meer changierte von einem funkelnden Hellblau zu einem matten, eisigen Blaugrau. Plötzlich war es Oktober. Unentschieden formte das Wasser Messerwellen, Schieferwellen, hier und dort ein bisschen Gischt. Ab und zu gab es Risse in der Wolkendecke, die aber schnell wieder verschwanden. Ganz hinten am Horizont sahen wir einen Streifen Licht. Meine Finger froren.

Auf einer der letzten Autofahrten, die wir gemeinsam unternahmen, war mir der Kragen geplatzt. Ich weiß nicht mehr, warum. Ich weiß nur noch, dass wir aufs Dreieck Werder zufuhren, als mein Druckventil nachgab.

»Nein«, schrie ich sie an. »Nein, ich kann das nicht mehr hören. Das ist auch nicht verhandelbar. Du kannst traurig sein. Du kannst wütend werden. Aber eines kannst du dir abschminken. Egal, wie schlimm es ist, es gibt immer Hoffnung. Wenn wir keine mehr haben, hat alles keinen Sinn gehabt.«

Ich hätte nicht schreien dürfen. Hätte ruhig bleiben sollen. Hätte, hätte.

Das sei die Trauer, erklärte mir ein Arzt später. Ich hätte mehr machen sollen, ich hätte da sein sollen, ich hätte dieses oder jenes nicht sagen sollen. Der Konjunktiv machte es möglich, dass man mit jemandem im Gespräch blieb, der nicht mehr da war.

Als das Boot nach einer halben Stunde noch nicht wieder zurück war, rief Connor über Funk die MS *Svalbard*. Starker Gegenwind, erklärte er uns. Das erste Tenderboot war eben erst am Schiff angekommen. Larsen hatte versucht, näher zu uns heranzufahren, doch die Strömung machte es unmöglich.

»Sollen wir zurücklaufen?«, fragte Herr Mücke.

Connor schüttelte den Kopf. Hermann ging in die Büsche, kehrte mit einem Armvoll Holz zurück und warf es auf den Boden. Lewis legte Steine in einen Kreis. Nach wenigen Minuten glomm Moos, dann stieg Rauch auf. Die Wellen stoben an die Felsen, graue Wolken rasten zum Horizont. Die Konturen verliefen wie Wasserfarben auf feuchtem Papier. Möwen keckerten. Connor rutschte näher ans Feuer, wir zogen unsere Kapuzen hoch, und ich hatte das Gefühl, wir waren allein in einer nagelneuen Welt.

Wo wir als Nächstes hinführen, fragte Hermann.

»Zur Hutnadel«, sagte Herr Mücke. »Eigentlich ist es eine Mantelbrosche, sie sieht aber aus wie eine Hutnadel.«

Hermann schaute irritiert.

»Nach L'Anse aux Meadows«, erklärte Lewis. »Zur Ausgrabungsstätte.«

»Ach so. Zur Wikingersiedlung«, sagte Hermann. Da wollte seine Frau unbedingt auch mal hin. Das war bestimmt eindrucksvoll.

»Na, warten wir es ab«, sagte Herr Mücke.

Er würde nächste Woche nach Churchill aufbrechen, an die Hudson Bay, sagte Hermann. Die brauchten da einen Vermesser, weil die stillgelegte Eisenbahnlinie wieder in Betrieb genommen werden sollte.

»An die Hudson Bay?«, fragte Herr Mücke.

Ja, nickte Herrmann. Ob wir mitwollten? Es gab dort mehr Eisbären als Einwohner, natürlich kamen viele Touristen, aber im Sommer war es ruhig, man konnte dort Belugawale sehen.

Lewis und ich schauten einander an, und es gab diese Zehntelsekunde Zögern, die mir verriet, dass er das Gleiche dachte wie ich. Einfach dableiben. Nicht wieder an Bord gehen und wie John Rae über Land versuchen, die Nordwestpassage zu queren. Von Churchill nordwärts durch die Territories zum Back River, den die Männer der Franklin-Expedition vergeblich versucht hatten zu erreichen.

Ein schwarz-weißer Vogel ließ sich auf einem Felsen neben uns nieder. Er legte den Kopf schräg, schaute umher. Der Wind zerzauste seine Federn, aber er blieb aufrecht stehen. Er ging einen Schritt nach vorne und noch einen. Langsam schritt er zum Ufer. Dann flog er weg.

Natürlich sind wir nicht mit Hermann mitgefahren. Natürlich kam irgendwann das Boot, und wir stiegen ein. Vom arktischen Wind gelüftet, um ein, zwei Bärengeschichten reicher, aber noch immer Passagiere der MS *Svalbard*.

Ich musste an mein letztes Klassentreffen denken. Nach dem Abitur hatte es in unserem Jahrgang geheißen: Hey, wir sind jung, die Welt ist groß, ab dafür, hinaus, kopfüber ins Leben. Und dann trifft man seine ehemaligen Mitschüler fünfundzwanzig Jahre später wieder, sie arbeiten bei Eon oder bei der Sparkasse, und es fallen Sätze wie: Irgendwie muss man ja Geld verdienen. Und dann steht man da und kommt sich vor wie einer, der aus dem Schützengraben aufgesprungen und als Einziger nach vorne gelaufen ist und »Attackeeee« gerufen hat. Man steht da, ohne Ehering, Richtfest oder Doktortitel, und weiß, die anderen haben eine gute Rentenvorsorge, eine solide finanzierte Immobilie, zweieinhalb Kinder und sind Mitglied in mehreren Vereinen. Vielleicht sind sie sogar glücklicher als man selber. In jedem Fall haben sie das damals nicht so gemeint.

Ich ärgerte mich über meinen Mangel an Courage und ging in die Bar, wo gerade ein Kurs über Neufundländisch zu Ende ging. Wichtig sei, rief der kanadische Expeditionsleiter den Passagieren zu, dass sie »Njuffenlähn« sagten und nicht »Njufaundländ«.

»Njuffenlähn«, sagten sie.

Einige Passagiere gingen, andere kamen, ich suchte mir schnell einen Platz und setzte mich, was ein Fehler war, denn sogleich begann der Vortrag des jungen blonden Typen, der seine Bommelmütze während der gesamten Reise noch nicht ein Mal abgesetzt hatte. Kjartan. Der Snowboarder. Der Life Coach. Der Typ, der sich mit Eisbären auskannte. Nach etwa zehn Minuten begriff ich, dass der Vortrag in der Hauptsache aus seinen Instagram-Fotos bestehen würde. Er zeigte tolle Selfies aus einer wilden Natur, die wir nicht kennen konnten, weil wir in einer Stadt lebten.

Da, ein Eisbär. Wie gefährlich nah er an ihm dran war.

Ja, klar, im Moment leben. Lehrmeister Natur. Die Weite. So unberührt, bis auf ihn und seinen Selfiestick. Er vor dem Gletscher, er und die Mitternachtssonne, er mit Robben, er und die Aurora borealis. Er tat so, als hätte er mit seinen Fotos den Nordpol erfunden, als wäre er irgendwie der Schöpfer allen Eises, als könnte nur er erklären, warum die Arktis so magisch, so einzigartig und so schützenswert war.

Dann fing er an, über bedrohte Tierarten zu reden. Einige bekamen bekümmerte Mienen, vielleicht stellten sie sich sterbende Pinguine vor, oder es ging ihnen ans Herz, dass er so jung war und sie so alt. Doch Kjartan ließ das Klimathema schnell links liegen und sprach vom Spüren, genauer vom Barfußlaufen. Wenn er zwischen seinen Zehen das Moos spürte, das war Glück. Die kleinen Dinge waren wichtig. Einmal, auf dem Weg zum Nordpol, hatten sie nicht mehr viel zu essen gehabt, und eine Rosine war ihm in den Schnee gefallen. Mit den Handschuhen konnte er sie nicht aufheben, da legte er sich auf den Boden, angelte mit dem Mund nach der Rosine, bekam sie zu fassen, und diese Rosine sei das Köstlichste gewesen, was er in seinem Leben je gegessen hatte. Diese eine kleine Rosine. Die Rentner hingen an seinen Lippen, und er erklärte, dass er den Schmerz eines jeden Tieres spüren könne, wenn er mit dem Unfasslichen eins wurde.

Ich verließ die Bar, das war ja nicht auszuhalten. Doch egal, wo ich hinging, irgendwer war schon da. An Deck war es zu kalt. Ich ging in meine Kabine und legte mich aufs Bett. Ständig kam irgendeine Durchsage, draußen waren Robben gesichtet worden, das Wetter morgen, das Buffet heute Abend, doch ich hatte keine Lust auf Leute. Warum waren wir nicht einfach an Land geblieben?

Die Hutnadel

L'Anse aux Meadows, Neufundland

»Huaaa«, schrie der kleine dicke Wikinger und fuchtelte mit einem Schwert in der Luft herum. Er hatte sich an einem Metallzaun am Anleger postiert, hinter ihm warteten zwei Reisebusse, die uns zur Ausgrabungsstätte bringen sollten. Ich überlegte, ob mir die bisherigen Begrüßungskomitees – Pflegekind, Eisbär, Inuit, Wikinger – zu denken geben sollten, und stieg in den Bus. Wir fuhren los. Da waren eine Straße, weites Grasland, ein paar Hügel, und über allem hing ein blasser, fahlmüder Himmel.

Die Ingstads, ein norwegisches Ehepaar, hatten 1961 in L'Anse aux Meadows bei Ausgrabungen eine Mantelbrosche gefunden und damit den endgültigen Beweis erbracht, dass Leif, Sohn von Erik dem Roten, um das Jahr 1000 Amerika entdeckt hatte. Das Besucherzentrum, vor dem wir schließlich parkten, war ein hochmoderner Komplex mit interaktiven Schaukästen, einem Kino und einem Souvenirladen. Im Gebäude wuselten

Reisegruppen herum. So viele Unbekannte hatte ich seit zehn Tagen nicht gesehen. Großnasige, grobporige Männer. Frauen in Steppjacken mit Seidentüchern um den Hals. Männer mit Nordic-Walking-Stöcken. Frauen mit Brillen. Männer in Anoraks. Frauen mit Broschüren.

Ich ging nach draußen. Ein Spazierweg führte über ein weites grünes Feld, hier und da stand Altmetall, moderne Kunst. Warmer Wind strich über mein Gesicht.

Am Ufer gab es eine Art Museumsdorf, in dem als Wikinger verkleidete Studenten so taten, als wären sie Wikinger. Einer drechselte Näpfe. Eine färbte Stoffe. Zwei Mädchen kochten irgendwas in Beige. Ein bärtiger Typ verkaufte bunte Gürtel.

»Des is a Klima«, sagte die eine Österreicherin zur anderen. Dann verwickelten sie die Brei kochenden Brunhildes in ein Gespräch über Pastinaken.

Ich ging zu der Wiese, auf der angeblich die Hutnadel gefunden worden war. Schemenhaft sah man noch die Grundrisse der Torfhäuser. Der Wind hinterließ Muster im langen Gras, als würden gewaltige Kämme durch das lange grüne Haar der Erde fahren. Lila Schwertlilien beugten sich wie unentschiedene Giraffen hin und her. Ich warf meinen Rucksack auf den Boden und legte mich auf den Rücken ins Gras. Der Wind und das Meer rauschten, aus der Ferne hörte ich Stimmen. Neben meinem Kopf wuchsen Butterblumen. Ein dunkelroter Schmetterling flog von den Böen unbeirrt zwischen den Blüten hin und her. Ein kristalliner Moment.

Eine Stunde später saßen Lewis und ich in einem Restaurant mit Blick auf den Kai und bestellten Chowder, Fischsuppe. Durch das Fenster sahen wir die letzten Passagiere, die zum Mittagessen aufs Schiff zurückfuhren.

Lewis studierte eine Broschüre, in der Ferienhäuser aus dem Umland angeboten wurden.

»Ich glaube das alles nicht«, sagte ich.

Lewis hielt inne und schaute wieder mit seinem Qigong-Blick seitwärts. »Was meinst du genau?«

»Die Hutnadel. Ich meine, die Mantelbrosche. Das ist doch Quark. Das Ding sah aus wie ein rostiger Nagel. Leif hat nicht Amerika entdeckt. Und sein Vater hat auch nicht Grönland entdeckt. Das sind doch alles Märchen.«

Lewis grinste. »In einer Sache hast du recht. Erik hat tatsächlich nicht Grönland entdeckt, das war ein Mann namens Gunnbjörn Úlfsson. Erik war ein zweifacher Mörder, der nur deswegen nach Grönland segeln musste, weil man ihn aus Island dahin verbannt ...« Er verschluckte sich, hustete und beugte sich vornüber. Er hörte gar nicht mehr auf zu husten, erhob sich und ging, sich krümmend, zur Toilette. Ich sah ihm hinterher. Als ich gerade aufstehen wollte, um nach ihm zu sehen, kam er zurück und setzte sich wieder. Sein Sweatshirt hatte er ausgezogen, darunter trug er ein T-Shirt.

Ich schaute fragend.

Er hatte zu spät mit dem Rauchen aufgehört. Der Krebs hatte sich im Kehlkopf festgesetzt. Er war operiert worden, mehrfach, das letzte Mal vor vier Jahren. Er musste alles sehr, sehr klein kauen, er konnte nur winzige Mengen schlucken. Auch bei Flüssigkeiten war das so. Im Grunde tat ihm jeder Schluck weh. Und wenn er sich verschluckte, musste er sich übergeben. So wie eben. Deswegen aß er so langsam. Bewegte sich so langsam. Schaute so langsam. Deswegen war er so dünn. Nun war der Krebs zurück, der Scheißkrebs, dieses Dreckschwein, das ihm sein Leben wegnehmen wollte, aber da hatte sich der Krebs geschnitten, er würde es ihm nicht geben, er würde es behalten, es war sein Leben, und er war noch lange nicht fertig damit.

Um uns herum klapperten andere Gäste mit ihrem Besteck. Draußen fuhren die Busse wieder vor.

Wir fuhren über Land, vorbei an kleinen Häfen, durch Ortschaften, in denen Schneemobile, SUVs und Boote vor grauen und weißen Einfamilienhäusern parkten. Die Küste war zerklüftet, als hätte das Meer hier dem Land die Zähne abgebrochen. Etwas später waren da Bäume. Dicke Bäume. Hohe Bäume. Dünne Bäume. Kleine Bäume. Krumme Bäume. Windschiefe Bäume. Und wieder dicke Bäume. Was für ein Grün! Was für ein Gefrissel der Blätter im Wind! Das Sonnenlicht fiel darauf, ließ die Farben dieses Kaleidoskops aus Grüntönen changieren. Jede Aussicht war anders, ständig gab es neue Farben und Formen und Sichtachsen, auch wenn es in einer Tour so weiterging: Baum, Busch, Busch, Baum, Baum, Baum, ab und zu eine Wiese, Blümchen, ein Teich, Geröll, Felsen, ein Bach und wieder Tausende von Blättern, das pralle Leben. Ich wurde wütend. Es war nicht fair.

Warum Lewis? Warum ausgerechnet er? Ich sah seinen Hinterkopf im Sitz schräg vor mir. Er machte Notizen, sah ab und zu raus. Jetzt, wo ich wusste, wie krank er war, sah ich ihm die Nähe zum Tod an. Ich meine nicht das eingefallene Totengesicht, das alte Menschen haben, kurz bevor sie sterben. Auch nicht das feine Strahlen, das manche Gesichter kurz vor dem Sterben so schön macht. Ich meine das Grau. Es ist eine Art Anti-Licht. Eine Abwesenheit von etwas. In geschlossenen Räumen, in denen ein Mensch gestorben ist, spürt man sie manchmal, wie einen Unterdruck. Man betritt das Zimmer und denkt sofort, hier ist noch jemand. Man öffnet ein Fenster, aber das ändert nichts. Es ist nicht so, dass da noch etwas oder jemand im Zimmer wäre. Es ist das Gegenteil. Im Stoff der Welt ist eine Leerstelle entstanden. Was man in solchen Räumen spürt, ist das Nichts.

Am Nachmittag besichtigten wir die Villa des englischen Arztes Wilfred Grenfell. Im ersten Stock hingen gerahmte Autogramme und Bilder, Briefe von König Georg V., Albert Schweitzer, Orville Wright und Präsident Theodore Roosevelt. Grenfell war Ende des 19. Jahrhunderts als junger Arzt im Auftrag der Royal Mission nach Labrador gereist, wo er unfassliches Elend unter der Bevölkerung sah: Kinder und Eltern bitterarm, verwahrlost, krank, ohne Arzt, Schule, Schuhe, unzählige, nicht behandelte Deformationen. Er baute die ersten Krankenhäuser, rüstete ein Krankenhausschiff aus und versuchte, die Fischer aus dem »Truck System« zu lösen, wo sie nicht mit Geld, sondern mit einem Verrechnungsscheck bezahlt worden waren. Er gründete die ersten Kooperativen. Lewis war begeistert. »Was für ein netter Mann«, sagte er, und mein zynisches Ich schämte sich für die Bemerkung, die es gerade hatte machen wollen und stattdessen herunterschluckte.

Danach war Freizeit bis halb fünf. Lewis und ich folgten dem Spazierweg hinter Grenfells Haus und gingen bergan. Der Wald war hier dichter, die Luft trockener, am höchsten Punkt gab es eine eckige Holzplattform, von der man hinab nach St. Anthony sah. Der Hafen war ein lang gezogenes Oval, an dessen rechtem Ende ein kleines Fischerboot hinausfuhr. An Bord konnte man einen Haufen knalloranger Farbtupfer ausmachen. Siebenundvierzig glückliche Passagiere, die sich rechtzeitig für die Bootstour mit einem lokalen Fischer angemeldet hatten. Die Sonne warf winzige funkelnde Glanzlichter auf das Wasser.

Die Wolken hatten die Form von Schnurrbärten. Französische Musketierschnurrbärte. Berliner Hipsterschnurrbärte. Englische Kapitänsschnurrbärte.

Ob ich *Shipping News* gelesen hätte, wollte Lewis wissen. Da ging es um einen Journalisten, der nicht schreiben konnte und deswegen in einem Kaff hier an der Küste landete, um Schiffsmeldungen für das Lokalblatt zu verfassen. Er hatte nur auch keine Ahnung von Schiffen.

Wir lachten.

Er wollte das auch tun. Sich hier ein Haus mieten, irgendwo in der Gegend. Schreiben. Die Geschichten vom Meer aufschreiben. In Schottland hatten sich Seeleute früher Steine in die Taschen gesteckt, damit sie im Fall eines Unglücks schneller ertranken. Ob ich das gewusst hatte?

Das hatte ich nicht gewusst.

»Was interessiert dich an der Arktis?«, fragte ich ihn. »Die Polarforscher?«

»Ach was. Die Geschichte der Polarforschung ist eine Geschichte von Helden, die keine sein sollten, und von unbekannten Männern, die Helden waren.«

»Wen meinst du?«, fragte ich.

»Amundsen. Ich kann den nicht ausstehen. Was für ein ehrgeiziger Pinsel. Er ist eine Route gefahren, die längst bekannt war, hat Fehler vermieden, die zuvor gemacht worden waren. Was er zum Überleben brauchte, hat er sich von den Inuit abgeschaut und jeden kaltgestellt, der ihm widersprochen hat. Johansen, zum Beispiel. Der hat sich später umgebracht. Und ohne seinen Navigator Hanssen hätte Amundsen den Südpol gar nicht gefunden.«

»Und Franklin?«

»Franklin war kein Held«, sagte Lewis. »Er war drei Jahre

dort, und dann haben sie hundertfünfzig Jahre nach ihm gesucht. Die Nordwestpassage musste auch nicht entdeckt werden. Da lebten seit fünftausend Jahren Menschen. Man hat sie nur nie nach dem Weg gefragt. Franklin und seine Männer starben, weil sie nicht wussten, wo sie waren. Weil sie nicht wussten, wie man jagt. Und weil sie zu viele waren.«

»Aber was interessiert dich dann?«

»Stell dir vor: Du bist Seemann, du bist drei Jahre weg, am Südpol, Nordpol, egal. Du überlebst das gerade so. Und kaum bist du zu Hause, fährst du wieder los, ins Eis. Warum?«

»Wegen des Geldes? Wegen des Ruhms?«

»Ja. Vielleicht auch. Aber nicht nur. Es muss noch etwas anderes geben.«

Dann unterhielten wir uns über die Hyperboreer und Jules Verne. Als wir zurück zum Parkplatz kamen, war der Bus weg.

Arnie, der Ornithologe, lief aufgeregt auf uns zu.

»Wo wart ihr? Wir haben euch gesucht.«

»Wieso gesucht? Aufbruch war doch um halb fünf?«

»Nein, um vier.«

Lewis und ich wechselten einen Blick.

»Wir sind den Hang hochgelaufen, haben euch gerufen. Jetzt sind die anderen noch Souvenirs kaufen gefahren. Sie kommen in zwanzig Minuten wieder.«

Als wir zwanzig Minuten später in den Bus stiegen, schlug uns ein lautes »Buh« aus vierzig Kehlen entgegen. Verdattert blieb ich stehen. Was war das denn? Waren wir hier auf Klassenfahrt? Ich merkte, dass mein Herz schneller klopfte, und machte, dass ich nach hinten kam, suchte einen Platz ohne Nebenmann und ließ mich in den Sitz fallen. Lewis hatte sich weiter vorne hingesetzt. Der Bus fuhr los.

Am Abend kamen die anderen Passagiere nach und nach in den Speisesaal, einige aus dem Bus sahen mich, gingen weiter. Die rothaarige Österreicherin trat zu mir an den Tisch.

»Sagen Sie mal, haben Sie sich was getan?«

Ich musste verständnislos geguckt haben.

»Na, Sie und der Typ heute.«

»Nein«, antwortete ich. »Wir haben uns nichts getan.«

»Aha«, sagte sie. »Wir dachten, Sie hätten sich was getan.«

»Nein, haben wir nicht«, wiederholte ich.

»Sie waren ja zu spät.«

Ihre Freundin stellte sich dazu. »Haben die sich was getan?«

»Nein, haben sie nicht«, sagte die rothaarige Österreicherin.

»Ach«, sagte die Freundin. »Was war denn dann?«

Ich überlegte, ob ich antworten sollte: Wir haben uns in der Zeit geirrt, das tut uns leid. Wir hätten uns auch entschuldigt, aber dazu kamen wir nicht, weil Sie sich benommen haben wie Affen. Und im Übrigen hätten wir gar nicht schneller laufen können. »Der Typ« ist krank und kann alles nur sehr langsam tun.

Ich sagte nichts. Ich starrte, bis sie gingen.

Alleine sitzen und schauen – das hatte ich mir die ganze Zeit gewünscht, aber jetzt kam ich mir ausgeschlossen vor. Die Leute stürzten sich auf die Hummer, als wären sie Medizin. Ich betrachtete sie und fand sie immer unansehnlicher. Gefärbte Haare, dritte Zähne, flache Hintern, unförmige Schuhe. Schiefe Gesichter. Selbstzufriedenes Grinsen. Und ihre Stimmen waren falsch. Die Wikinger hatten die Ureinwohner des amerikanischen Nordostens als Skraelinger bezeichnet, als schwache, hässliche Menschen. Aber ich war kein Wikinger. Ich war eine Frau mit einer prominenten Nase, die sich mal wieder in etwas hineinsteigerte.

An einem Sommernachmittag, ich hatte mich gerade von Stefan oder Thomas oder Christian getrennt, saß ich mit meiner Mutter in einem Café und sagte: »Vielleicht habe ich einen Defekt. Vielleicht fehlt mir das Gen für Familie, für Mutterliebe oder Kinderliebe oder was weiß ich. Irgendein Versatzstück, das man braucht, damit Beziehungen funktionieren.« Sie schaute mich mit diesem »Ach, Kind«-Blick an, sagte aber nichts. Ich wusste, sie machte sich Sorgen, sie hätte mich gern »in festen Händen« gesehen. Wir bestellten Kuchen, schwiegen eine Weile nebeneinanderher, beobachteten die anderen Leute, die Pärchen, die Familien, dann seufzte sie und sagte: »Zeig mir den perfekten Menschen.«

An Backbord warf die Sonne einen Streifen Licht vor die Küste.

»Dürfen wir uns zu dir setzen?«, fragte eine junge Frau. Neben ihr stand eine ältere Frau, die mit ihrem ebenso blonden Haar und ihrem aufgedunsenen Gesicht aussah wie eine geschwollene Version der Jungen. Die Ältere war die Mutter und hieß Tove, die Tochter hieß Inger, sie stammten aus Oslo und hatten sich die ganze Zeit schon gefragt, was ich denn so alleine täte, auf dem Schiff, auf dieser Reise. Sie hatten mich mit dieser altmodischen Kamera gesehen. Tove war Cellistin im Ruhestand. Inger arbeitete als Werbegrafikerin. Wie gefiel mir denn die Reise bisher? War es nicht aufregend, dass wir nun lauter Dinge sahen, die keiner erwartet hatte?

Während ihre Tochter mit mir sprach, spürte ich Toves Blick. Inger hatte die Webseite für einen Windkraftanlagenentwickler produziert, momentan arbeitete sie an einem Projekt für nachhaltige Süßigkeiten, gute Schokolade, sagte sie. Nur dick mache sie schon. Tove lächelte, als würde es sie rühren, dass ihr Kind so schöne Dinge tat. Doch immer, wenn das Gespräch erlahmte, wurde ihr Blick schwermütig. Ob ich mit ihnen später ein Glas Wein in der Bar trinken wollte, fragte Inger. Ich rang mit mir. Die Hoffnung, meine Isolation ein Stück weit zu überwinden, gewann, also fand ich mich nach dem Essen mit den beiden in der Bar wieder.

Stimmen erfüllten den Raum. Ein paar Damen vom Buchclub saßen mit Herrn Mücke in einer Sitzecke und hingen fasziniert an seinen Lippen. »Da muss man an jedem Ort Gebetsfahnen für die Geister kaufen, denn das Land gehört den Geistern.« Edith strickte, Lewis saß in einer der Ecken und starrte in seinen Computer. Mit halbem Ohr hörte ich Karen Peng einem älteren Pärchen erklären, dass sie Influencer war. Die beiden verstanden nicht. Influenza? »Influencer«, erklärte Karen Peng in diesem herablassend klingenden Ton, den ich bereits kannte.

Ich müsse entschuldigen, dass ihre Mutter so wortkarg war, sagte Inger, als Tove an der Bar für uns bestellte. Ihr Vater war letztes Jahr verstorben. Deswegen.

Das tat mir leid, erwiderte ich.

Er war sehr krank gewesen. Sie hatte ihn gepflegt.

Ich nickte. Meine Alarmlampen leuchteten dunkelviolett.

Jetzt einfach ganz schnell ganz viel über irgendwas erzählen, dachte ich. Im Geiste hörte ich schon Toves Stimme: Mein Mann und ich sind ja früher viel gereist, wir waren in Dings und in Bums, wir lernten uns Dann kennen und haben Wann geheiratet, hier, ich habe Bilder auf meinem Telefon, wollen Sie mal sehen, und dann kamen unsere Kinder, haben Sie Kinder, nein, ach, wie schade, ich bin so froh, dass ich jetzt nicht alleine bin, im Alter, das Alleinsein. Seufzen. Es ist noch so frisch. Wenigstens ist er am Ende friedlich eingeschlafen. Was schauen Sie denn so gequält, ist Ihnen schlecht? Es war ganz friedlich am Ende.

Und ich würde dasitzen, mir das anhören und denken: Friedlich eingeschlafen, ja klar. Wann war der Tod friedlich? Wenn man keine Angst hatte? Wenn einem nichts wehtat? Wenn die Ärztin ausreichend Morphium verschrieb? Wenn sie sich überhaupt blicken ließ? Konnte man friedlich einschlafen, wenn jemand da war, der einem etwas vorsang, die Hand hielt, im Raum sitzen blieb, einfach nur dablieb und nicht ging? Der sich kümmerte, weil es den Pflegern scheißegal war, wo man lag, wie laut man schrie, ob man weinte oder keine Luft bekam. Weil Hospizplätze denen vorbehalten waren, die nicht nur in Not waren, sondern auch moribund, zwei Zustände, die Sterbende gefälligst gleichzeitig zu sein hatten, sonst zahlte die Kasse nicht. Waren Verwandte förderlich? Konnte man friedlich einschlafen, wenn die offenen Stellen am Rücken nicht bluteten, wenn die Laken sauber waren und nebenan niemand um Hilfe rief? Gelang es allein im Dunkeln, nur mit den Geräuschen im Flur, den Schritten, dem Piepen, dem Geplauder der Pfleger auf dem Weg ins Raucherzimmer? Doch solche Fragen wollte niemand hören, und noch weniger wollte sie jemand beantworten. Wenn es vorbei war, wollte man sie nur noch vergessen. Ich für meinen Teil wollte vergessen.

Tove kam zurück und stellte die Gläser vor uns ab. »Auf einen schönen Abend«, sagte sie und hob das Glas. Mutter und Tochter lächelten, und in diesem Moment wusste ich, die Tochter hatte Gesellschaft für ihre Mutter gesucht. Erst war ich ein bisschen beleidigt, dann fühlte ich mich geschmeichelt. Inger erhob sich. Sie müsse mal eben nach oben, da draußen sei so irres Licht, sie komme gleich zurück. Wir blickten ihr hinterher. Tove lächelte schüchtern. Was sie denn so von Chopin hielt, fragte ich, und sie fing an zu erzählen.

Als sie sich irgendwann für das nette Gespräch bedankte,

war ich erstaunt, wie schnell die Zeit vergangen war. Sie müsse jetzt ins Bett, entschuldigte sie sich und stand auf. Als sie weg war, fühlte ich mich allein.

»Schauen Sie!«, rief Arnie, der Ornithologe, doch die Passagiere ignorierten ihn. Vielleicht lag es daran, dass er so klein war, oder daran, dass sich niemand für die ausgestorbene Labrador-Ente interessierte.

Auf dem Bildschirm in der Bar erschien ein Bild von einer schwarz-weißen Ente an einem schneebedeckten Ufer.

»Es ist völlig unverständlich, warum es sie nicht mehr gibt«, sagte Arnie. »Sie war ungenießbar, schwer zu rupfen, und ihre Federn waren nicht besonders lang. Warum starb sie aus? Wir wissen es nicht. Wir wissen nur, sie ist dahin.«

Ich sah aus dem Fenster. Dahin. Ich könnte aufstehen und mich hinlegen. Vom Bett aus das Meer betrachten. Versuchen, einzuschlafen. Versuchen, auszusterben.

Draußen sah man einen ziemlich nichtssagenden Streifen Küste.

Warum es keine Pinguine am Nordpol gab, wollte jemand wissen.

Das sei eine gute Frage, antwortete der Ornithologe, der sich freute, dass wenigstens einer zuzuhören schien. Im 19. Jahrhundert hatten Seeleute Pinguine mit nach Schottland gebracht, wo sie erstaunlicherweise überlebten, bis der letzte von einer alten Dame erschlagen wurde, weil sie dachte, der Beelzebub stünde in ihrem Garten.

Danach sprach er über Alkenvögel, den Tordalk, der nur ein Ei pro Jahr legte und nur einen Partner im Leben kannte.

Was denn mit dem Klima sei, wollte jemand wissen.

Es war schon ein ziemliches Durcheinander. Vögel brüteten früher als sonst. Mal blieb der Fisch weg oder kam zu spät, in einem Frühjahr schwirrten die falschen Insekten herum. Oder zum Beispiel Elche. Die gehörten nicht hierher. Oder Erlen, das waren wahre Plagen. Margeriten und Waschbären auch. Aber die größte Plage, seufzte er ermüdet, das war der Mensch.

Am nächsten Vormittag besorgte ich mir auf der Krankenstation eine Salbe gegen meine Bremsenbisse, die mit mehrtägiger Verspätung umso heftiger juckten. Auf dem Rückweg begegnete ich einer kleinwüchsigen Frau. Sie trug eine Perücke, hatte eine Knollennase und reichte mir bis zur Brust. Jetzt baute sie sich vor mir auf und wollte wissen, was das denn solle, warum ich ihr nicht gesagt hätte, dass ich Journalistin sei. Ich dürfe auf keinen Fall über sie schreiben, sie würde mir einen Anwalt auf den Hals hetzen, eine Frechheit sei das, so etwas müsse man den Menschen doch sagen.

Ich erwiderte, dass ich nicht vorhatte, über sie zu schreiben, weil ich keine Journalistin war. Das regte sie noch mehr auf. Ich entschuldigte mich ausführlich für alles, was ich ihrer Meinung nach beinahe getan hätte, und als das nicht half, entschuldigte ich mich für mein Vorhandensein.

Ihre wütenden Knopfaugen erinnerten mich an die eines Kobolds. Vielleicht war sie ein Geist, den wir irgendwo aus Versehen mit an Bord genommen hatten. Ohne Erklärung dampfte sie so plötzlich, wie sie mich angefallen hatte, wieder ab.

Im Restaurant wurde aufgeräumt. Ich setzte mich in einen Alkoven in der Bar, wo der Schriftsteller seine Lesung begann. *Der Vortragsredner*, so hieß seine neue Kurzgeschichte, die er an Bord verfasst hatte. Nach fünf Minuten hielt ich es nicht mehr aus. Vor den Fenstern wogte der Horizont auf und ab. Regen sprühte gegen die Scheiben.

Ich suchte Lewis, fand ihn nicht und setzte mich ins Bistro.

Nachdem der Regen aufgehört hatte, wurde das Licht draußen aufdringlich hell. Ein Tag, der einem sagte: Tu was, sei beschäftigt, sei in einer Stimmung, aber in welcher sollte man sein, wenn einem langsam das Zeichenpapier ausging und das Blau?

Vor dem Restaurant lief ein Passagier mit einem Zettel in der Hand herum, um jedem, den es interessierte, und natürlich auch jedem, den es nicht interessierte, zu erklären, was »Guten Morgen« auf Filipino hieß. Andere gingen zum Frühstück.

Ich stellte mir Sprechblasen über ihren Köpfen vor: »Ich will Puffins sehen! Ich will Wale sehen! Ich will die Bootstour machen! Ich will Kajak fahren! Ich will vorne sitzen! Ich will ein gekochtes Ei!« Ohne großen Appetit folgte ich den anderen Passagieren und setzte mich neben Herrn Mücke.

»Wie geht es Ihnen, meine Liebe?«, fragte er.

»Hervorragend. Ich bin gestern ausgebuht worden.«

»Davon habe ich gehört.«

»Ist das so?«

Herr Mücke tupfte sich den Mund mit der Serviette ab. »Es gehört zum guten Ton, wenigstens ein Mal im Leben ausgebuht worden zu sein. Fragen Sie mal die Callas. Wer es stets allen recht macht, geht ein, bevor er stirbt.«

»Ach, Herr Mücke.«

Er lachte. »Ich habe das von meiner Frau gelernt. Es war ihr immer unheimlich, wenn sie von allen gemocht wurde. Sie liebte das Alleinsein. Ich würde sogar sagen, dass sie einsam war. Aber sie kannte die Einsamkeit nicht als Gefühl, das wieder verfliegt. Sie litt auch nicht unter ihr, so wie man unter einer schweren Erkältung leidet, von der man sich erholt. Sie trug sie mit sich herum, wie etwas, das einen ein Leben lang begleitet. Sie hat mir das mal so erklärt: ›Es ist wie ein leiser Ton, den man in der Stille hört und von dem man denkt, ach, da bist du ja wieder.‹«

»Ach, Herr Mücke.«

»Feldspat, Quarz und Glimmer, die vergess ich nimmer«, sagte die Geologin eine Stunde später. Herr Mücke und ich saßen ganz vorn an einem Tisch, und obwohl mich die geologischen Besonderheiten des Gros Morne-Nationalparks nicht interessierten, schrieb ich mit.

»Der Atlantik wächst pro Jahr zwei bis drei Zentimeter, so wie ein Fingernagel.«

Ich notierte: zwei bis drei Zentimeter, wie ein Fingernagel.

»Die Erdkruste ist wie ein warmer Apfelstrudel kross außen, warm und dickflüssig innen.«

Ich notierte: wie ein Apfelstrudel, außen kross und innen warm.

Sie zeigte Bilder von Bäumen. »Wenn man sagt: ›Ah, schön, die stehen, die Zapfen‹, ist es eine Tanne. Wenn man sagt: ›Ih, die hängen, die Zapfen‹, ist es eine Fichte. Ah für Tanne. Ih für Fichte.«

Ich notierte.

Später gingen wir an Deck. Herr Mücke stellte sich mit seinem Fernglas an den Bug. Ich setzte mich auf einen Stuhl an die Reling und hielt mein Gesicht in die Sonne. Ich schloss die Augen und versuchte zu dösen.

»Finnwal an Backbord«, sagte eine Stimme.

Ich öffnete die Augen. Vor mir an der Reling lehnten ein paar orange Hintern.

»Das war ein Seiwal.«

»Nein, ein Finnwal.«

»Nein, das war ein Seiwal, und ein Kalb.«

Komme gleich wieder

Gros Morne, Neufundland

Als ich die Schwimmweste bereits trug, fiel mir auf, dass ich gar nicht darüber nachgedacht hatte, wie man sie anlegte. Gab es einen Gewöhnungs-*Point of Safe Return*, nach dem man automatisch wusste, wo was im Schrank lag, wo die Tür zur Toilette war, wo es zur Kabine ging, wie rum man zum Tenderdeck abbog, wie man die Schwimmweste anlegte, wie herum man aus dem Boot stieg? Ausgerüstet mit Rucksack, wasserdichtem Kamerasack, winddichter Jacke und einer Reserve-Regenhose, wartete ich mit den anderen auf das Tenderboot.

Eine Stunde später durchquerten wir ein Dorf, in dem garantiert ein paar Achtzigerjahre-Filme gedreht worden waren – oder die Bewohner hatten zu viele davon gesehen.

Sie hatten zur Feier des Tages die Wolken vom Himmel gefegt, die Sonne poliert und diesen gelben Schulbus gewaschen, in dem wir saßen. Da war der kleine Hafen. Auf dem Wasser schwappten Fischerboote. Da waren pastellfarbene Häuser, gemähte Rasenflächen, weiß gestrichene Holzzäune. Bunte Schilder priesen lokale Künstler und Zimmer für Sommerfrischler an. Auf den überdachten Veranden standen gelbe Liegestühle oder Hollywoodschaukeln mit bunten Kissen. Rote und blaue

Blumen wiegten sich in der morgendlichen Brise. Nirgendwo ein Mensch. Ich wurde immer ruhiger und müder, meine Lider wurden schwer, und ich dämmerte so willenlos vor mich hin wie ein Kind auf dem Weg von der Schule nach Hause. Lewis saß hinter mir und Herr Mücke weiter vorn. Er war in seinem Element. Heute würde es Steine geben. Massenhaft interessante Steine. »Jetzt geht es zum Mittelpunkt der Erde«, hatte er sich heute früh gefreut.

Wir liefen über den Mars, über eine rote Ebene aus Sand, Steinen, Geröll und Felsen. Das weite Plateau war voller großer und kleiner braun-gelb-oranger Klumpen. Manche wirkten wie Kreide, andere glitzerten, einige waren so groß wie Medizinbälle. Rötlich brauner Staub wirbelte durch die Luft, heißer Wind schlug mir ins Gesicht.

»Dieser Berg ist ätzend, säurehaltig und giftig«, sagte die Fremdenführerin und zeigte auf eine Anhöhe, die im grellen Sonnenlicht rostrot leuchtete. Dreizehn Schwermetalle gebe es da. Der Berg selbst hatte einen so hohen Eisengehalt, dass er rostete. Im Berginneren gab es Mikroben, die bei einem pH-Wert von 13 noch lebten, weswegen die NASA hier für ihre Marsmissionen forschte.

Lewis hatte sich zurückfallen lassen und saß am Fuß des Rostbergs auf einem dieser Giftsteine. Ein kleines Rinnsal plätscherte an ihm vorbei durch die staubig trockene Ebene. Ab und zu wuchs Gestrüpp, gelegentlich Moos und Flechten.

Die Geologin erklärte ein paar Passagieren die winzigen Pflanzen. »In dieser Nische ist es windgeschützt. Die Pflanzen bilden einen Dom, das heißt, sie fangen aus jedem Winkel das Sonnenlicht. Und das da heißt ›Gruß‹: Regen fällt auf abgestorbene Flechten, dann ätzt die Masse eine Schicht Stein ab und bildet eine Art neue Schicht Erde. Je öfter sich das wiederholt, umso dichter wird diese Schicht, bis irgendwann Farn und alles Mögliche dort wächst. Wo es keine Erde gibt, macht sich die Natur welche. Und hier, schauen Sie mal. Das ist eine Krautweide, der kleinste Baum der Welt, die ist etwa zweihundert Jahre alt.« Sie zeigte auf einen am Boden liegenden knorrigen Knüppel.

In der Ferne sah man die flachen Gipfel der Table Lands. Man konnte weit schauen, über Grün, Orange und Schwarz, bis ins Blau des Meeres. Lewis saß auf seinem Felsen wie ein versteinerter Leguan. Ich hatte ein *Jurassic Park*-Gefühl.

Eine Stunde später hielten wir an einem Küstenstreifen. Ablandiger Wind pustete uns Richtung Strand. Gräser und dürre Bäumchen bogen sich in den Böen. Herr Mücke musste seinen Hut festhalten, wir liefen über Sand, Kiesel und ein grau-beiges Steinplateau mit luftblasenförmigen Löchern, als sei hier der Stein im Kochvorgang abgekühlt. Ein paar Meter weiter sah der Boden aus wie die getrocknete Haut eines Riesenfisches. In der Ferne stieß die Brandung an den Strand. Bald standen wir vor unserem Ziel, einer Felswand, die bei näherem Hinsehen aus Abertausend filigranen Scheibchen in allen möglichen Grautönen bestand. Eine Klippe aus steinernen, zusammengefalteten Papierseiten. Sie ragte vierzig Meter über unsere Köpfe empor.

»Sie sehen hier Milliarden Jahre in die Vergangenheit zurück«, brüllte die Fremdenführerin gegen den Wind an. »Stellen Sie sich vor, ein Riese hat vom tiefsten Meeresgrund ein Buch nach oben geholt und es, ohne eine Seite zu verlieren, hier auf den Sand gestellt.«

Ich setzte mich und schaute aufs Meer. Irgendetwas hatte sich verändert. Alles war ruhiger geworden. Ich war ruhiger geworden.

Auf dem Rückweg zum Schiff liefen wir am Meer entlang. Der Ornithologe bildete das Schlusslicht und passte auf, dass wir nicht trödelten.

»Seit dem Gebuhe im Bus haben die ein besonderes Auge auf uns«, sagte Lewis ein bisschen schlecht gelaunt. Ich ging vor, und er ließ sich zurückfallen, sodass jeder von uns zwischen Arnie und den anderen Platz für sich hatte.

Ich hörte das Meer rauschen und ging durch einen Korridor aus Gespenstertannen. Die grünen Triebe wippten im Wind. Es sirrte und summte vor Insektenverkehr. Am Wegrand wuchsen Orchideen mit violetten Kelchen. Die Luft wurde zusehends dichter und feuchter. Ich hielt immer wieder an und fotografierte den Boden. Da waren rote und braune Steine, filigrane Gräser, Miniwälder, grellrotes Moos, knallblaue Blüten. Nach einer Weile endeten die Gespenstertannen und gaben die Sicht frei auf ein großartiges Panorama.

Ich blieb stehen. Links erhoben sich die Berge. Davor lag weites Moorland, in dem sich hohe Schilfpflanzen im Wind wiegten. Rechts von mir fiel der Hang ab zum Kiesstrand, auf dem dunkelbraune Algentürmchen lagen und eine heftige Brandung ans Ufer schlug. Der Weg schlängelte sich auf einer Anhöhe weiter geradeaus. Links sah ich bald einen meterlangen, hüfthohen Knoten aus knorrigen Baumstämmen, in dessen Dickicht bestimmt Hunderte von Tieren lebten. In weiter Ferne hing ein gigantisches Raumschiff in der Luft und ließ Licht regnen – eine dunkelgraue Wolke mit hellgelber Unterseite sendete goldene Strahlen aufs Land. Vom Meer kam eine frische Brise. Wolkenschichten türmten sich übereinander. Die Luft war weichwürzig-süß, voll mit Torf, Erde, Kräutern, Algen und dem Salz des Meeres.

Ich hielt erneut an. So musste die Welt in den ersten Tagen

ihrer Geschichte ausgesehen haben. Es hätte mich nicht überrascht, wenn am Felsmassiv ein Schild gehangen hätte: »Komme gleich wieder. Gott.«

Ich stand wie am Boden festgeklebt und dachte: Du bist hier und siehst diese Wolken und Steine und Blumen und Bäume, und du weißt alles. Ich war bis zum Überlaufen angefüllt und gleichzeitig leer. Dann tippte mir jemand auf die Schulter.

Ob ich denn mal weitergehen könnte, fragte Arnie.

Auf See 3

Am nächsten Morgen saßen Lewis und ich wieder im Bistro. Er schrieb. Ich hatte das tausendteilige Pinguin-Puzzle begonnen, obwohl es hieß, morgen früh würden wir in St. John's, dem Schlusspunkt unserer Reise, ankommen. Ab und zu klatschte ein bisschen Wasser ans Fenster. Durch die Stille waren die Geräusche des Schiffes deutlich zu hören. Das Brummen der Motoren, das Quietschen der Tür, das Klappern der Tassen im Restaurant. Ich sortierte die Schnäbel, die Augen hatte ich schon.

Lewis saß mit dem Rücken zum Gang, weil die Leute ihn so nicht ansprechen konnten. Ich mit dem Rücken zur Wand, weil mir so niemand über die Schulter sehen konnte.

Eine Durchsage informierte uns darüber, dass wir die Uhren umstellen sollten. Dieses Mal eine Stunde zurück. Andere Passagiere gingen zum Frühstück.

Im Vorbeigehen unterhielten sich der Schotte und der dicke Engländer.

»Haben Sie den Wal gesehen?«

»Nein, ich habe keinen Wal gesehen. Aber Sie haben einen Wal gesehen?«

»Ja, er hat gepustet.«

»Ach. Und wie war das für Sie?«

Lewis ließ kichernd den Kopf auf den Tisch sinken.

Connor sah uns, kam auf uns zu.

Jetzt könnten wir Fragen loswerden, sagte er und stellte seine Kaffeetasse ab. »Also, schießt los.«

Ich fragte nach dem Bubbern.

Was bitte?

Na, das Bubbern. Manchmal, wenn es hoch- und runterging, oder nachts, machte das Schiff »Bubb bubb bubb«.

Das waren die Bugstrahlruder. Damit navigierten sie.

Lewis wollte wissen, worüber sich die Passagiere am meisten beschwert hatten.

Connor sagte: die Route, also die Umkehr. Den Eispiloten, den nicht vorhandenen Eisbrecher, die nicht vorhandenen Narwale und Walrosse. Die Wanderung in Rigolet war zu schnell gewesen, der Saglek-Fjord reine Zeitverschwendung. Man hatte nirgendwo mit Kreditkarte einkaufen können. Der Kapitän hatte die Leute nicht persönlich begrüßt, die ständige Zeitverschiebung hatte sie müde gemacht, die Vorträge waren zu lang gewesen, und die Vorträge waren zu kurz gewesen.

Am Bug machten sich am späten Vormittag drei Seeleute daran, eine Girlande aus Fahnen aufzuziehen. Der Wind rauschte und brauste und zog und zerrte an den vielen kleinen bunten Fahnen. Jede trug einen Buchstaben. Ich fragte mich, ob sie das unter Deck buchstabierten. Was war, wenn sich einer verschrieb? Stand da dann MS *Svarbald*?

Es war unser letzter Tag auf See. Die Sonne schien, der Himmel war blau mit wenigen Wolken.

Vor ein paar Tagen waren wir in Saint-Pierre und Miquelon gewesen. Die kleine Inselgruppe gehörte rechtlich zu Frankreich und hatte ihre glanzvollen Tage als Schmugglerparadies längst hinter sich. Lewis hatte den Tag in einem Café verbringen wollen, Croissants essen, die Tour de France schauen. Doch weder hatte ein Café offen, noch gab es irgendwo gute Croissants, geschweige denn einen Fernseher, der die Tour übertrug. Am Kai hatte uns niemand begrüßt. Kein Eisbär, kein Blasorchester, nicht mal ein paar Kinder. Würde man Lewis fragen, gäbe es noch weitaus mehr auszusetzen (verrammelte Kirchen, miesepetrige Gastwirte, hässliche Häuser und der Dorfplatz ein seelenloses Rondell). Jedenfalls waren wir über eine Gangway von Bord gegangen und hatten zum ersten Mal seit unserem Aufbruch festen Boden betreten, ohne ein Boot zu benutzen. Ich war zum Bug spaziert und hatte an der *MS Svalbard* hochgeschaut. Wie schön sie war. Jetzt verstand ich, warum Schiffe weiblich waren. Weil Matrosen Männer waren.

Auf dem Rückweg waren wir ein letztes Mal Tenderboot gefahren. Es spritzte, es schaukelte, ich hielt mich am Seil hinter mir fest, in meinem Mund schmeckte ich Seewasser, die Sonne schien mir ins Gesicht, der Wind zerrte an meinem Haar. Wir hatten unsere Rucksäcke vor den Füßen, saßen dicht an dicht, Bein an Bein, damit niemand rausfiel. So wenig hatten mich andere Leute noch nie gestört.

Am Abend hatten Herr Mücke und ich an Deck gestanden und in einen hellgoldenen Himmel gesehen, in dem sich dunkelgraue Wolkenformationen emporhoben, auftürmten, die Farben wechselten ins Helle,während der Hintergrund weiß wurde, darüber erneut große Wolkenberge zogen. Ich hatte aufgehört zu fotografieren. Sahen Seeleute auch dauernd in den Himmel?, fragte ich Herrn Mücke. Unbedingt, sagte er. Nur anders.

Ich zog einen Korbstuhl an die Reling. Wir fuhren schnell, oder der Seegang war heftiger, jedenfalls bewegte sich alles im Vielklang: Meer, Wellen, Weite, das Schiff.

Die MS *Svalbard* neigte sich bedächtig zu einer Seite, drückte nach vorne, sank nach unten, stieg wieder empor, neigte sich langsam zur anderen Seite und zog sich kraftvoll in Zeitlupe zurück, verharrte dort eine Sekunde, zwei, drei, während man gespannt darauf wartete, wie lange sie es aushalten würde, bis sie sich erneut nach vorn senkte, und man war fast erleichtert, wenn sie nach mehreren Seitenwechseln wieder hochstieg, als wäre man gemeinsam mit ihr oben auf einem gigantischen Wellenkamm und triumphierte über das herrliche Meer. Dieser unregelmäßige Tanz auf den Wellen hatte etwas Machtvolles, er ergriff vollständig Besitz von einem. Man beobachtete und war gleichzeitig Teil des Spektakels, Teil dieses Gewieges und Gehebes, das so schön war und auch ein bisschen Angst machte.

Das Meer zeigte einem, wie flüchtig alles war, im Meer blieb nichts gleich. Am Meer konnte man sich nicht festhalten. Man konnte es nicht aufbewahren. Nicht malen, nicht fotografieren, genauso wenig, wie man einen Wal in Gänze fotografieren oder einen Wimpernschlag berühren konnte. Auf dem Meer war jede Richtung vorn.

Hatte ich endgültig einen Sonnenstich abbekommen? Vielleicht. Der Wind ließ kurz nach. Ich hörte die Motoren brummen. Dann brauste es wieder. Es war mir egal, ob ich einen Sonnenstich hatte oder nicht. Ich saß da und schaute.

Ich könnte

Ich könnte nach Montreal fliegen und mir ein Auto mieten, ich könnte nordwärts fahren, Richtung Hudson Bay, sehen, wie die Bäume wieder kleiner und dünner werden, wie sie abnehmen und die Leere zunimmt, wie die Straßen staubiger werden und die Landschaft karger wird. Ich könnte fahren, bis es keinen Radiosender mehr gibt, und noch viele Stunden weiter. Ich könnte aufstehen und meinen Block holen, ich könnte im Verlag anrufen und sagen, tut mir leid, ich komme nicht wieder, mich hat es erwischt, ich weiß auch nicht, was es ist, aber ich kann nicht zurück, ich muss noch ein Stück in die andere Richtung, ich bin in Gang gesetzt, in Bewegung geraten, ich kann unmöglich anhalten. Wenn ihr wollt, male ich euch was, aber ich werde vermutlich langsam reisen, vielleicht sogar zu Fuß. Ich könnte in St. John's bleiben und die Straße mit den Pubs finden und in jeder Kneipe einen Kurzen auf die Liebe trinken. Ich könnte an einer Ampel stehen bleiben und warten. Ich könnte die große Liebe an eine Hauswand malen, einen Umriss, umrahmt von allen Tönen Blau. Ich könnte Inuktitut lernen. Ich könnte Louise eine dicke Jacke kaufen und ihr ein Paket schicken, mit zwei rosa Fröschen für die Kinder. Ich könnte eine Brieffreundschaft mit Herrn Mücke beginnen. Ich könnte Lewis überreden, mit mir die Nordostpassage zu fahren. Ich könnte hier sitzen und schauen und warten, dass ein Wal vorbeikommt und einen Schaumstoß in die Luft pustet. Mir könnten Flügel wachsen, so wie den Krabbentaucherküken, und ich würde zurück zum Saglek-Fjord fliegen und den Eingang zur Geisterwelt suchen. Ich könnte meine Eltern fragen, ob sie mein Kind gefunden haben, ob es ihnen gut geht, ob sie beobachten, was ich tue, oder ob ihnen alles egal geworden ist. Ich könnte all dies tun, und niemand würde es beachten, und das wäre in Ordnung so. Ich wäre nicht mehr unsichtbar, das Meer würde mich anschauen und sagen, was machst du mit deinem Leben, und ich würde lachen und sagen, warte mal ab.